꿈을 따라 걷다

꿈을 따라 걷다

초판 1쇄 인쇄   2013년 12월 30일
초판 1쇄 발행   2014년 01월 03일

지은이   이 현 규
펴낸이   손 형 국
펴낸곳   (주)북랩
출판등록   2004. 12. 1(제2012-000051호)
주소   153-786 서울시 금천구 가산디지털 1로 168,
          우림라이온스밸리 B동 B113, 114호
홈페이지   www.book.co.kr
전화번호   (02)2026-5777
팩스   (02)2026-5747

ISBN   979-11-5585-107-4 03810(종이책)
       979-11-5585-108-1 05810(전자책)

이 도서의 국립중앙도서관 출판시도서목록(CIP)은 서지정보유통지원시스템 홈페이지(http://seoji.
ni.go.kr)와 국가자료공동목록시스템(http://www.ni.go.kr/kolisnet)에서 이용하실 수 있습니다.
(CIP제어번호 : 2013028970)

땅끝 해남에서 강원도 고성까지 **46일 동안의 국토대장정**

꿈을 따라 걷다

10대의 내가
20대의 나에게 보내는
따뜻한 격려와
위로의 기록!

이현규 지음

book Lab

매년 60~70만 명의 학생들이 범국가적 관심 가운데 대학수학능력시험을 치른다. 그러나 막상 수능 이후 대학에 입학하기까지 무엇을 할지 몰라 헤매는 학생들이 많다. 해방감을 맛보길 꿈꾸지만 막상 학생들을 채워 줄 즐겁고 건전한 놀이문화를 제시하는 어른들은 많지 않다. 그런 가운데 학생들은 수험생 할인을 이용한 쇼핑과 일탈, 아르바이트와 운전면허 취득, 성형수술, 여행 그리고 영어공부 등 다양한 방법으로 시간을 보내고 있다.

나 또한 당시 수능을 마치고 무엇을 할지 몰라 정서적으로 방황했었다. 그러던 중, 만 19세의 나이로 '국토종단'이라는 다소 생소한 도전을 하게 되었다. 당시에는 내 꿈과 이상을 찾아 떠난다고 거창한 포장을 했었지만, 지금 생각해보면 기대에 못 미친 수험결과에 대한 패배감에서 벗어나기 위해 하나의 현실도피 수단을 삼은 것은 아니었나 싶기도 하다.

하지만 여행은 철저히 준비했고 모든 여정을 사진과 일기, 기록들로 남겨 놓았다. 여행을 마치고는 대학생활을 하면서 틈틈이 짬을 내어 일기와 지도, 사진들을 정리정돈 하였다. 그렇게 원고를 집필해 두고는 하드디스크 한 켠에 둔 채로 잊어버렸는데 이렇게 세상의 빛을 보게 되어 매우 기쁘다.

10년이면 강산이 변한다고 했는데, 지금 현지의 모습은 아마도 이 책과 달라져 있을지도 모른다. 하지만 당시 스스로에 대한 격려와 10대 후반 내 삶에 답을 찾기 위해 고민하던 여정들은 이 책에 고스란히 남아있다.

이제 20대 후반을 살고 있는 가운데 이 여행을 하면서 고민했던 것들과 위로받고 싶었던 것들이 어떻게 해결되었는지, 그리고 어떻게 여기까지 오게 되었는지 많은 사람들과 함께 나누고 서로의 꿈을 생각해보게 되는 계기의 책이 되었으면 좋겠다.

2013년 12월, 서른을 준비하면서

○ 차례

#01

전 라 도

12월 26일 ~ 1월 11일

대한민국 땅끝에 서다

대학 입학 원서 접수가 끝났다. 홀가분한 마음으로 여행 한 번 떠나 보는 것이 수험 생활 동안의 소원이었는데, 대학 입학까지 시간이 많이 남은 덕에 배낭을 싸고 국토 종단의 길에 오른다.

하늘색 한반도가 새겨진 깃발을 배낭에 달고 서울 고속버스터미널에 도착한다. 버스를 기다리며 가만히 생각해보면 현실을 도피하기 위해 내지르는 여행인 듯도 하다.

승강장까지 배웅 온 친구와 여행의 중간에 한 번 보자고 약속하고, 해남행 고속버스에 오르니 가슴이 뛴다. 창문 밖으로 보이던 친구의 손인사가 저만치 사라지니 국토대장정의 시작이라는 것이 실감난다.

기대감에 밤을 지새운 탓에 해남에 도착하기까지 꿈길을 헤맸다. 해남 종합버스터미널에 도착하자니 바로 땅끝마을행 시내버스가 출발하려 준비 중이다. 배차 간격이 상당히 긴 차량인데 시작부터 운이 좋으니 덩달아 앞으로의 여정도 기대된다.

버스가 중학교 하교 시간에 맞물려 많은 학생들이 탄다. 학교를 마치고 집에 가는 것이 신난 학생들은 깔깔 거리며 이야기를 나눈다. 그렇게 학생들이 만들어 놓은 버스의 분위기에 덩달아 여행을 시작하는 내 마음도 들뜬다.

길옆으로는 갈대들이 흐드러지게 피었다. 바닷바람에 몸을 맡긴 채 흐르듯이 흔들리는 갈대가 너무 아름다워 넋을 잃은 채 창밖을 바라본다.

김남주와 고정희 같은 저명한 시인들의 생가가 버스 차창 밖으로 보인다. 해남은 시인의 고향이라는 명성을 얻고 있을 정도로 많은 시인이 태어났는데 이 아름다운 풍경이 시인들의 시심을 일깨워 준 것이 분명하다.

시끌벅적하던 학생들도 하나둘씩 내리고 종점에 다다를 때쯤엔 나와 단 한 명의 여학생만이 버스에 남았다. 차창 밖으로 보이는 아름다운 풍경 때문인지, 적시듯 퍼지는 붉은 노을 때문인지 앞쪽 좌석에서 차창을 응시하는 여학생의 모습이 얼핏 보아도 아름답다. 종점에 다다르자 여학생은 나를 한 번 힐긋 보더니 총총히 사라진다.

한겨울 한반도는 남북의 일교차가 크다던데, 확실히 바닷바람임에도

해남의 바람은 서울의 그것보단 훨씬 따듯하다. 이런 분위기 때문인지 우연히 귀여운 여학생을 만나서인지 몰라도 맘이 무척 설렌다.

5시 반쯤 되자 태양은 석양만을 남겨 둔 채 완전히 모습을 감추고 6시가 되자 어스름이 깔려 길조차 보이지 않는다. 이 상황에서 도로를 걷는 것은 위험하다고 판단하여 숙소를 찾아 나선다.

다행히 이곳 땅끝마을은 관광객들이 많이 오는 곳이다 보니 묵을 수 있는 숙소도 많고 다양하다. 여기저기 수소문을 한 끝에 그나마 좀 저렴하게 잘 수 있을 것이라는 민박집을 찾아 들어간다.

민박집은 지붕을 기와로 덮은 자그마한 3칸짜리 집이다. 어둡고 늦은 시각임에도, 주인할머니께서는 나를 의심치 않고 반갑게 맞아 주신다. 그리곤 이 방이 묵기에 가장 좋을 것이라며 방 한 칸을 내어 주신다.

집은 평소에 주인들이 쓰다가 손님이 오는 날만 방을 비워 주는 것 같다. 그런데, 방에서 나오는 사람이 아까 버스에서 같이 내린 여학생이 아닌가. 손님에게 방을 뺏기는 것이 못마땅한지 뾰로통한 얼굴을 한 채 나오다가 나와 눈이 마주치자 흠칫하며 놀란다. 나도 놀라기는 마찬가지. 우연도 어떻게 이런 우연이 있을 수 있을까. 잠시 놀라 뜸을 들이던 여학생은 다시 주인할머니가 계신 방으로 총총히 사라진다.

나도 잠깐 동안 놀란 마음을 수습한 다음, 방에 짐을 부려 놓고 저녁을 먹고 들어온다.

여학생 방에서 일지를 쓰고 있자니 기분이 이상하다. 아무튼 일지를 쓰면서 왜 이곳을 땅의 끝이라고 했는지, 땅의 시작 이라고 했으면 더 멋지지 않았을까 생각해 본다.

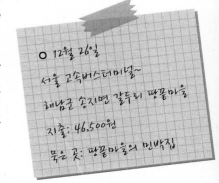

○ 12월 26일
서울 고속버스터미널~
해남군 송지면 갈두리 땅끝마을
지출: 46,500원
묵은 곳: 땅끝마을의 민박집

° ° 땅끝마을의 해넘이 바위

태양의 위치에 따라 1년에 서너 번 저 바위 사이로 뜨는 해를 볼 수 있다고 한다.

° ° 둘이 먹다 하나 죽어도 모를 땅끝마을 해물 된장찌개

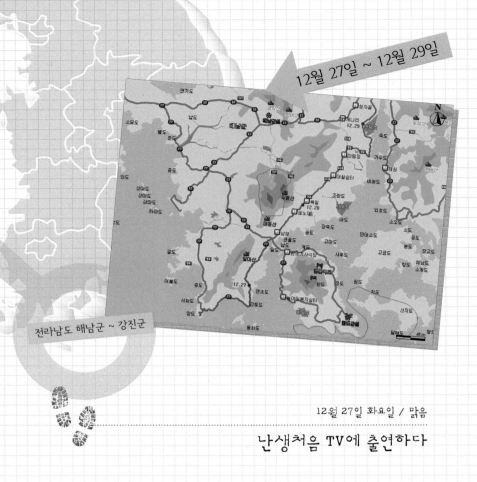

12월 27일 ~ 12월 29일

전라남도 해남군 ~ 강진군

12월 27일 화요일 / 맑음

난생처음 TV에 출연하다

이른 아침. 침대에 누운 채로 아침잠을 쫓기 위해 TV를 시청한다. 오늘은 송지면에 장이 서는 날. 주인할머니께서는 아침 한 끼 못 차려줘 미안하다시더니 한 시간에 한 대 오는 버스 시간을 맞춰 가기 위해 부랴부랴 나가신다. 어제 봤던 여학생도 내가 자던 중에 등교를 했는지 집에는 나 말고는 아무도 없다. 빈집에 나만 두고도 안심이 되시는지 차 시간을 맞추기 위해 바삐 가는 발걸음엔 망설임 따위는 전혀 없다.

해가 뜬 지 얼마 지나지 않아 바다는 시린 햇빛에 반짝이고 하늘은 서서히 옅은 쪽빛을 낸다. 이런 상쾌한 아침공기를 마시며 나는 부지런히 사자봉에 오른다.

해발 122m의 야트막한 동산인 사자봉에는 땅끝탑과 전망대를 세우고 걷기 좋게 길도 닦아 아기자기한 공원을 조성해 놓았다. 이곳에 있는 땅끝 탑에 발도장을 찍어야만 진정으로 한국의 땅끝을 밟았다고 할 수 있기 때문에 허기가 지지만 비지땀을 흘리며 계단을 오른다.

땅끝 탑에 발도장을 찍고서는 다른 편 나무 계단을 따라 10분가량을 오르니 땅끝 전망대가 나타난다. 전망대에서 바라보는 땅끝마을의 풍경은 익숙하다. 예전에 여행 차 몇 번 오긴 했지만, 무엇보다 초등학생 때 자전거로 했던 국토종단의 목적지였다는데 의미가 있다.

서울에서 해남까지. 3박 4일간 페달을 밟아 지금 보이는 저 갈두리 선착장 등대 옆에 자전거를 세웠을 때, 그 성취감과 벅차오르던 감동이 오늘 다시 새로운 시작을 하는 내 가슴속에 이어진다. 이렇게 다시 그 등대를 바라보니 그때의 끝은 끝이 아닌 오늘에 시작을 위한 것일 수도 있겠다는 생각이 든다.

오늘처럼 구름 한 점 없이 맑은 날에는 전망대에서 한라산도 보인다는데, 내 눈에는 한라산이 보이질 않는다. 내 시력이 나빠서인지, 아니면 다들 벌거벗은 임금님의 옷을 보듯 하는 말인지 모르겠으나 탁 트인 시야에 가슴까지 시원해져 어느샌가 내 눈에도 한라산이 보이는 것 같다.

전망대를 내려와 마을로 돌아가려 할 때 아까 전망대부터 말없이 나를 따라 오신 분이 말을 걸어온다.

"혹시 여행 중이신가요?"

펄럭이는 한반도기를 꽂고 수첩에 연신 뭔가 적어대는 내 모습에 다들 한 번은 시선을 던지기 마련이지만 말을 걸어오는 사람은 처음이다.

"아, 네! 오늘이 국토종단을 시작하는 날이에요~"

"와, 대단하시네요! 저도 여행 좋아하는데! 혹시 아침 안 드셨다면 같이 식사나 하면서 이야기 나눌까요? 제가 대접할게요."

꾼은 꾼을 알아보는 것일까. 올해 대학을 졸업하는 이 형은 나 못지않게 여행을 좋아한다. 딱 지금의 내 나이 때 친구 2명과 함께 히치하이크로 우리나라 해안을 종주했단다. 13일간 서해에서 남해를 거쳐 동해의 정동진까지, 단돈 3만 원과 쌀, 텐트 그리고 엄지손가락을 가지고 해안선을 종주하는 동안 말 못할 고생도 많이 했다고 한다. 그런 그 당시 형의 모습과 같은 나를 보니 동병상련의 정을 느꼈을 것이다.

"그 당시 추억이 깃든 이곳에 다시 와서 이젠 어떻게 멋진 삶을 살까 생각하고 있었어요."

취업의 벽도 거뜬히 뛰어 넘고서 이제는 앞으로의 삶을 설계중이라는 형의 모습이 너무 멋있고 부러워 보였다.

혼자 가는 길인데도 내딛는 발걸음에 힘이 넘치는 것은 좋은 사람을 만나 든든하게 배를 채운 덕만은 아닐 것이다.

지금 내가 걷는 도로는 77번 국도. 인천에서 시작되어 군산, 목포, 여수를 거쳐 부산까지 해안을 따라 이어지는 서남해안 일주도로이다. 경치가 좋다보니 드라이브 코스로도 각광받아 도로변에는 아예 '경치가 좋은 도로'라고 커다란 표지판을 세워 놓았다.

길옆으로는 잔잔한 남해바다가 펼쳐져 있다. 그 따뜻한 기운을, 최대

˚˚ 땅끝 전망대

˚˚ 사자봉에서 내려다본 풍경 유치원생 모자 같은 작은 섬이 귀엽다.

한 가슴을 펴고 흠뻑 들어 마신다. 호흡을 통해 몸 안으로 들어온 기운이 따뜻한 물에 잉크가 퍼지듯 서서히 몸으로 퍼져나간다. 온몸에 세포들이 기지개를 켜는 듯 짜릿짜릿 하면서 손끝과 발끝이 달콤하게 저리다.

'아! 천국이 별다른 곳에 있는 것이 아니구나.'

아무도 없는 바다를 향해 일부러 뱃속에서 우러나는 웃음을 내지른다. 아하하~!

해안도로를 따라 1시간 정도 걸으니 길 왼편으로 박물관이 있다. '땅끝해양자연사박물관'이라는 명칭의 이 박물관은 과거와 현재, 해안과 육지에 걸친 생태의 모습을 전시한 박물관인데, 큰 기대도 안하고 갔다가 1시간가량을 푹 빠져 관람했다.

°° 땅끝 해양 자연사 박물관

처음부터 이어지는 꼼꼼한 구성부터 전문적인 내용까지 정말 짜임새 있게 잘 조성해놓았다. 관람을 마치자 입장료 2천 원에 남는 장사를 한 기분이 든다.

박물관부터는 도로가 아닌 해변으로 걷는다. 송지면에 사구미 해수욕장. 사각사각 소리를 내는 모래알이 어쩌나 부드러운지 마치 눈길을 걷는 느낌이다. 이곳에서는 땅끝마을과 송호 해수욕장의 명성에 가려서 그다지 유명한 관광지는 못되지만 백사장 뒤편으로 곰솔숲과 조각공원이 있어 연인끼리 거닐기에는 안성맞춤이다. 더구나 조각공원에서 바라보는 바다로의 낙조는 전국 일색으로 둘째가라면 서러울 정도이다.

그 낙조를 보기 위해 조각공원을 오른다. 고만고만한 장승 사이로 난 계단을 오르면 아름다운 조각들이 아기자기 모여 있고 근사한 잔디밭 사이로 난 돌길에는 풀들이 보기 좋게 군데군데 솟아있다.

돌길을 가로질러 공원 뒤편의 언덕을 오르자 공원 앞으로 훤한 바다가 펼쳐지고 수평선 위로 내려앉은 저녁 해가 공원에 긴 그림자를 드리고 있다. 아! 이 얼마나 낭만적인 모습인가. 이 경치를 보며 사랑을 속삭인다면 누구나 그 사랑이 더욱 깊어질 것 같다.

공원 옆 정자에 앉아 바다를 바라보며 감상에 빠져 있는데, 갑자기 웬 차량이 들어와 선다. 잠시 후 차에서 3명의 사람들이 부랴부랴 내리더니 뭔가를 부지런히 설치한다. 유심히 보고 있자니 MBC 취재팀이 카메라를 설치하고 바다를 찍고 있다. 흥미로운 눈길로 촬영하는 모습을 보고 있는데 나랑 눈이 마주친 한 분이 다가오더니 말을 걸어오신다.

"뭐 하고 계세요?"

"아. 오늘 땅끝에서 국토종단을 시작했는데요, 지금 잠시 쉬고 있는

。。땅끝 조각공원의 솟대

。。땅끝 조각 공원

중이에요."

"아! 정말요? 대단하시네요!"

이게 무슨 일인가. 여행 첫날부터 취재차량을 만나 카메라 앞에서 긴장한 채 걷고 있다. 77번 국도의 현장을 취재하고 있던 〈시사르포 여기는 지금〉 취재팀 피디님이 내가 걷는 것을 한 토막 넣어 주시겠다며 촬영을 하고 있기 때문이다.

카메라 앞에 서니 내가 평상시 어떻게 걸었는지 기억이 나지 않는다. 등허리를 꼿꼿이 세운 채로 걸어가자니 내가 지금 숨조차 제대로 쉬고 있는 건지 모르겠다.

"77번 국도에 대해 어떻게 생각하세요?"

갑자기 들어오는 마이크에 내가 지금 뭐라고 하는지도 모르겠다. 어떻게 어물어물 말은 한 것 같은데 지금까지도 뭐라고 한지 기억나지 않는다. 인터뷰를 마치고 연락처를 주고받은 후 촬영팀은 다시 바삐 차에 오른다. 난 이렇게 난생처음 TV에 출연하게 되었다.

남은 길을 걷는 내내 온 정신이 아까 했던 인터뷰에 팔려 언제 도착한 지도 모르게 북평면 영전리에 도착했다. 바로 오늘 계획했던 목적지이다.

아직 크리스마스 분위기가 채 사라지지 않은 영전리의 한 교회. 교회 안에서는 열대명의 아이들이 책을 읽고 있다. 이곳은 오늘 내가 묵어가기로 한 곳으로 이 마을 아이들의 방과 후 공부방 역할을 해주고 있다. 한 집사님과 김대호군이 함께 아이들을 지도하고 있는데, 나도 한 몫 거들겠다며 끼어들었다.

"그런데 왜 이런 한겨울에 혼자 여행하며 고생을 하세요?"

"이렇게 좋은 사람들을 만나면서 다니는 것이 즐거워서요."

어느새 아이들 지도는 뒷전으로 물러나고 동갑내기 김대호군과의 대화에 빠져버렸다. 대학생인 김대호군은 방학이면 이렇게 고향으로 내려와 마을 아이들을 지도하는 봉사를 하고 있다고 한다.

그런 대호군에게 아이들이 "선생님, 선생님" 하며 매달리는 모습이 부럽다. 나도 나름 상냥한 미소를 지어가며 아이들을 대했지만 진정한 마음으로 꾸준히 아이들을 사랑했던 김대호군처럼 마음에서 마음으로 통하지는 못하는 것 같아 아쉽다.

별빛이 깔리자 공부를 마친 아이들은 집으로 돌아간다. 달빛 별빛 외에는 빛 하나 없는 시골길을 따라서 아이들을 실은 승합차가 붕붕거

˚˚ 영전리에 있는 교회에서 아이들과

리며 떠나가고 북적대던 교회가 허공에 뜬 것처럼 고요해진다.

"같이 잘 수 있으면 좋을 텐데요… 아쉽네요."

집까지 걸어간다는 대호군과도 악수를 나누며 작별을 하고 나니 결국 교회에는 나만 남았다. 나른한 고요가 무겁게 깔리고 하늘에 별빛은 쏟아질 듯 빛나는데 달마산 등선 밑 민가에서 아득하게 개 짖는 소리가 들려온다.

목사님이 계시지 않아 사택을 쓸 수 없어 난방이 안 되는 예배당 옆건물에서 자야 한다. 불편하지만 주방에서 물을 끓여와 족욕을 하고 휑한 방에 혼자 누워 천장을 바라본다. 다사다난했던 여행 2일차가 이렇게 마무리된다.

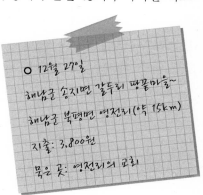

○ 12월 27일
해남군 송지면 갈두리 땅끝마을~
해남군 북평면 영전리(약 15km)
지출: 3,800원
묵은 곳: 영전리의 교회

두륜산을 등지고

추위 때문에 도저히 잠을 이룰 수 없다. '이러다가 얼어 죽겠구나' 하는 생각도 든다. 1회용 핫팩 덕분에 죽음의 문턱을 넘어 서진 않았지만 밤잠을 설쳤다. 새벽빛이 창문을 통해 들어올 때 즈음 길을 나서면서 앞으로는 공짜라도 냉방에서는 자지 않기로 했다.

교회부터는 77번 국도로 가지 않고 밭이랑으로 난 흙길로 걷는다. 둘 다 한적한 시골길이지만 잘 닦인 검은색 아스팔트길과는 달리 붉은색 황토 길에서는 뭔가 땅의 숨결을 느낄 수 있다.

눈 녹는 향기가 코를 간질이고 흔들리는 갈대들이 운치를 더한다. 회색빛이 감도는 도시와는 달리, 살아있는 이 길은 발걸음 걸음마다 땅의 기운을 느끼게 해 준다.

그런 길옆으로 자그마한 학교가 있다. 북평초등학교 서흥분교. 폐교가 된 지 오랜 시간이 흘러 운동장엔 꼬장꼬장한 잡초만이 무성하고, 구석에는 시간을 머금은 푸른빛 경운기 트레일러가 있어 이 학교의 또다른 풍경을 만들고 있다.

정문에는 제 열쇠로도 안 열릴 만큼 녹슬어 버린 자물쇠가 채워져 있고, 그 앞에 두 마리 흑염소가 배추 잎을 씹고 있다. 내가 다가가도 멀뚱멀뚱 바라볼 뿐 달아날 생각은 전혀 하지 않는다.

° ° 폐교가 되어버린 북평초등학교 서홍분교

짐을 부리고선 세종대왕 동상에 기대 앉아 운동장을 바라본다. 지금은 휑한 폐허에 잡초만 무성하지만 분명 이 운동장에서 뛰놀며 꿈을 키우던 아이들이 있었을 텐데. 그때 모습을 상상하며 쉬다가 다시 자리를 털고 일어나 남창으로 걷는다.

완도로 가는 연육교가 있는 남창은 북평면의 면소재지다. 현재 완도와 연결되는 유일한 육로로 많은 차량들이 다닌다. 덕분에 식당과 주유소 같은 편의시설도 많이 있다. 이렇게 다니다 보면 끼니때가 되어도 식당이 없어 못 챙겨 먹는 일이 태반인데 다행히 식당이 많아 제때 배를 채울 수 있었다.

기사식당에 들어서자 주인아주머니가 푸짐하게 점심상을 차려주신다. 혼자 여행하다 보면 맛있는 것들은 다 2인 이상 주문해야 해서 아쉬울 때가 많은데, 이렇게 기사식당에서 먹게 되면 1인 가격에도 가장 그 지역다운 밥상을 맛볼 수 있어 좋다.

기사식당을 나서면서 부터는 오산리를 지나는 55번 지방도로로 접어든다. 그러면서 이틀 가량 함께했던 77번 국도와 이별하는데, 괜히 섭섭하다.

남창리 길 어귀에 들어서자 트럭과 경운기 수십 대가 100m가량 늘어서 있다. 차량마다 한가득 나락자루를 싣고 있다. 이 북평농협 창고는 북평면에서 생산된 모든 나락을 사들여 모아 두는 곳이다. 창고 입구로 가보니 많은 사람들이 나락자루를 창고로 옮기고 있다. 호기심이 발동한 나는 한 분에게 취조하듯이 현 상황에 대한 설명을 구한다.

"해남이 본래 쌀농사를 짓는 고장이에요. 이곳 북평농협에서 지역의 나락을 모두 사들이고 있습니다. 나락은 겉겨를 벗겨내야 식탁에 오르는 흰쌀이 되지요. 무척 많아 보이겠지만 그래봤자 몇 부락 되지 않는 곳에서 지은 농사에요. 이 지역 나락을 모두 사들이려면 며칠에 걸쳐서 작업을 해야 한답니다."

그러면서 친절하게 자루를 열어 나락을 보여준다. 농사에 관해 문외한인 나로서는 처음 보는 이런 광경이 신기할 뿐이다. 저 많은 쌀을 누가 다 먹을까도 싶지만 1년간 이 지역 사람들이 삼시 세끼를 해결해야 하는 양치고는 많다고 할 수도 없겠다.

북평 농협을 지나서 신월로 가는 길은 쇄노재를 넘어가는 구불구불한 산길이다. 커브가 아주 많고 나무가 시야를 가려 차 소리가 들리면 갓길 너머에 멈춰 서서 지나가길 기다려야 한다. 사람이 있으리라 예상치 못하는 차량들은 쏜살같이 내달려 내 옆을 스쳐간다. 간담이 서늘해지는 순간이 한두 번이 아니다.

2005.12.28 15:20

° ° 북평 농협 저장고와 늘어선 트럭들

　이렇게 가다보니 속도가 나지 않는다. 안 그래도 구름이 껴서 어둡던 하늘은 서서히 해가 지며 긴 그림자를 드리운다. 더 어두워지기 전에 이 길을 벗어나려고 애를 썼더니 겨우 해가 떨어지기 전에 쇄노재를 벗어날 수 있었다.

　고개를 넘는 동안 너무나 긴장했다. 한숨 돌리고 돌아온 길을 바라보니 펼쳐진 두륜산의 모습이 정말로 장관이다. 흰 눈이 덮인 산등성이 뒤로 해가 넘어가며 후광을 발하고 있는데, 그 모습이 마치 광배와 같아 성스러운 느낌을 자아낸다.

　산 정상에 걸린 양털구름은 지는 햇빛에 젖어 산등성이 쌓인 눈발보다 더욱 더 눈이 부시고 그 빛을 품에 안은 두륜산 자락에는 눈 덮인 바위들이 서로를 끌어안고 있다.

　서서히 장딴지가 당기고 발바닥이 굳어가는 느낌이 든다. 하지만 뒤돌아서면 보이는 두륜산의 풍경에 머리는 맑아지고 가슴은 시원해진

°° 해질녘 후광이 빛나는 두륜산

다. 갈 길은 한참 남았는데 결국 붉게 물든 산 너머로 태양빛이 사라지고 서서히 어스름이 깔린다.

　오늘의 잠자리는 북일면 신월리 중앙교회. 목사님께 오늘 하루 묵어갈 수 있는지를 여쭈어 보자마자 따뜻한 방 하나를 선뜻 내어 주신다.

　어제의 잠자리가 박했던 대가일까? 이 방은 빵빵한 난방에 안마기능까지 있는 옥매트가 깔려있다. 어제는 주방에서 물을 끓여다가 썼는데 이 화장실에는 온수도 나온다. 신이 나서 샤워를 하고 뜨끈한 옥매트에 누워 안마를 받고 있자니 금세 나른해지며 졸음이 밀려온다. 이틀간 쌓였던 여독 때문인지 정신없이 곯아떨어진다.

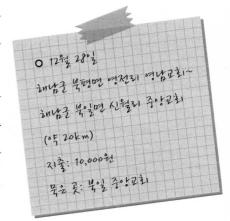

○ 12월 28일
해남군 북평면 영전리 영남교회~
해남군 북일면 신월리 중앙교회
(약 20km)
지출: 10,000원
묵은 곳: 북일 중앙교회

실학의 선구자 다산(茶山)을 만나다

짐 정리도 못하고 곯아떨어지는 바람에 물건이 여기저기 널브러져 있다. 아침이면 이렇게 너부러진 짐을 싸는 것도 상당히 귀찮고 피곤한 일이다. 방심하다간 물건 한두 개 잃어버리기 십상인데 나에겐 그것을 방지할 수 있는 나만의 노하우가 있다.

우선 여행을 시작하기 전, 쉽게 꺼내 볼 수 있는 수첩 등에 가져가는 물건의 목록을 적어놓아야 한다. 그렇다고 해도 여행 중에는 매번 확인할 수 있는 여유가 없기 때문에 물건의 성격에 따라 네다섯 가지 종류로 구분을 한 후에 속이 비치는 비닐봉지에 나누어 담는 것이 좋다.

나의 경우는 옷가지, 빨래 감, 식량, 상비약, 전자제품, 세면도구 그리고 지도와 여행일지 등으로 나누어 봉지에 담았다. 이렇게 큰 덩어리로 나누어 비닐봉지에 담으면 배낭을 쌀 때 확인 작업이 편하다. 거기다가 비라도 왔을 경우에는 비닐봉지가 물건에 빗물이 들어가는 걸 막아 주는 역할도 할 수 있다.

잘 꺼내지 않고 부피도 큰 옷가지 등은 배낭 가장 아래에 두고 자주 꺼내는 물건은 배낭 위에 넣어두어야 한다. 그러나 지도나 카메라, 수첩과 같이 거의 손에 달고 다녀야 하는 물건은 따로 작은 앞 배낭을 준비해 넣어두거나 주머니에 넣어두는 것이 편리하다.

　바삐 출발을 해야 할 때나 배낭에서 짐을 꺼낸 적이 없는 날에도 이렇게 하면 간단한 확인 작업만으로 잃어버리는 물건 없이 배낭을 쌀 수 있다. 덕분에 나는 이번 여행에서 단 하나의 물건도 잃어버리지 않았다.

　이른 시간, 이 면에서 유일하게 아침을 먹을 수 있는 식당은 기사식당뿐이다. 교회를 나와 어제 저녁을 먹었던 한남별미 기사식당에서 오늘 아침도 해결한다. 어제도 저녁 늦은 시간까지 장사하시던 아주머니 세 분이 오늘 아침도 일찍부터 바쁘게 식재료를 손질하고 계신다.

　전라도 음식 맛있기로는 전국적으로 소문이 자자하지만 개인적으로 18일간 먹어 봤던 전라도의 음식 중에서도 단연코 이집 음식 최고다.

　우선 식재료들이 아주 싱싱하다. 주변지역 특산물로 이루어진 식단에 제철 음식이 한상 그득하다. 5천 원짜리 백반 한 상에 반찬이 거의

°°너무나 맛있는 전라도 기사식당 백반

20가지에 달한다. 어제에 이어 오늘도 한창 제철인 매생이 굴국밥이 나왔는데 어찌나 맛있던지 줄어드는 공깃밥이 너무너무 원망스러웠다. 고등어조림은 한 젓가락밖에 못 먹었는데 밥은 없고 배는 불러 식당을 나설 때는 너무나 억울하고 아쉬웠다.

식당을 나와 강진으로 가는 55번 지방도로. 든든하게 배도 채우고 신나게 걷고 있는데 언제부터인지 강아지 한 마리가 나를 졸졸 따라온다. 처음엔 따라오다 말려니 했는데 마을을 한참 벗어나도록 돌아갈 기미가 보이지 않는다. 대형 트럭들이 스치듯 달리는 도로를 종횡무진 누비며 치일 듯 말 듯 아슬아슬하게 따라오는 모습에 내 신경이 바짝 곤두선다.

배가 고파서 그러나 보다 싶어 초콜릿도 줘 봤지만 초콜릿엔 눈길 한 번 주지 않고 계속해서 따라온다. 이러다 차에 치이면 어쩌나 싶은

˚ ˚ 강진까지 계속 따라오던 강아지

마음에 들어서 논두렁에 내려놓으면 다시 억지로 기어 올라와서는 꼬리를 흔들며 졸졸 쫓아온다.

나를 따라서 강진까지 가려나 싶었는데 신기하게도 내가 해남을 벗어나 강진군으로 들어오자마자 밭이랑 사이 길로 유유히 사라진다. 덕분에 30분가량 바짝 긴장했다.

아기자기한 마을이 모여 있는 신전면을 지난 후 항촌리 마을 초입에 다다르자 오른쪽으로 지방도로 819번이 갈라지며 나타난다. 약간은 돌아가는 길이지만 다산초당을 보고 싶은 마음에 다리품을 팔더라도 이 길로 가보기로 했다.

819번 지방도로는 차량 이동도 거의 없고 인적도 상당히 드문 호젓한 시골길이다. 몇 시간 동안 대형 트럭이 내는 소음과 먼지에 시달려서 목구멍도 갑갑하고 머리도 지끈거렸는데, 이 도로로 접어들자 조용

° ° 너무나 호젓한 819번 지방도로

해서 너무 좋다.

그러나 이 길은 점심 끼니때를 한참 넘기도록 식당은커녕 민가조차 나타나지 않는다. 결국 배가 고프다 못해 허기가 져서 걸음걸이를 때는 일조차 버거운 지경에 이르렀다. 비상식량으로 미숫가루를 타 먹었지만 그것만으론 다리에 힘을 실을 수가 없다.

아무리 나아가도 도로밖에 보이지 않는다. 지금쯤이면 목적지에 도달해야 정상인데, 목적지가 나타나기는커녕 웬걸, 눈앞에 바다가 펼쳐지는 것 아닌가.

아! 배고픈 것만으로도 가득한데 설상가상으로 길마저 잃어버린 것이다. 도대체 내가 어디 있는지 지도를 봐도 모르겠고 핸드폰으로 내 위치 추적까지 해 보았으나 오차가 커서 아무런 도움이 되질 못한다. 결국 한참을 헤맨 끝에 망호 선착장 부근에서 강진만을 따라난 해안도로를 찾아 들어간다.

3일 전부터 신발에 쓸리던 엄지발가락과 발뒤꿈치에는 물집이 잡혀버렸다. 걸음을 뗄 때마다 물집이 쓸려 너무 아프다. 장딴지와 허벅지도 내딛는 걸음마다 통증을 호소한다.

갈 길은 까마득한데 몸이 따라주지 않으니 이거 정말 큰일이다. 그래서 고심 끝에 고안해 낸 것이 바로 뒤로 걷기. 뒤로 걸을 때는 물집 잡힌 부분이 더 이상 쓸리지 않을 뿐 더러 앞으로 걸을 때는 쓰지 않는 근육을 이용하기 때문에 앞으로 걸을 때 의 통증 없이 이동할 수 있어 좋다.

그렇게 한참을 걸어 만덕호에 도달하니 다산초당까지 5km 남았다는 이정표가 나온다. 조금만 더 가면 밥을 먹을 수 있겠구나 하는 생각에 발걸음에 속도를 낸다.

속도를 내기 시작한지 얼마나 지났을까. 드디어 사람이 있을 법 한 만덕호 경비초소가 나온다. 그런데 웬걸 초소에는 사람은 없고 목줄이 풀려 있는 시커먼 투견만 있는 것 아닌가. 송아지만한 투견이 살기를 띤 채 굶주린 사자가 사냥감에 다가가듯 자세를 낮추어 서서히 나에게 다가온다.

주변에 도움을 요청할 사람이 아무도 없다. 으르렁거릴 때 마다 드러나는 이빨은 한 번 물리면 충분히 황천길로 갈 만큼 크고 날카롭다. 나는 침샘이 말라 버린 듯 입안이 바싹바싹 타들어 간다.

투견의 눈빛을 애써 외면한다. 뻣뻣이 굳은 채로 조심조심 발걸음을 떼는데 그녀석도 으르렁거리면서 바싹 따라 붙는다. 잘못하다 투견의 코라도 스칠까 싶어 내딛는 한걸음 한걸음에 모든 신경을 집중시킨다. 결국 다산초당 쪽으로 한참을 들어오고 나서야 비로소 투견이 사라진다. 휴~ 정말 진땀 뺐다.

서서히 해가 지고 그림자가 흐릿해질 때 즈음 드디어 다산 유물 전시관 입구에 도착했다. 끼니도 못 챙겨 먹고 한참을 왔더니 진이 빠진다.

하지만 유물 전시관에서 다산초당까지는 또 800m에 달하는 산길을 가야 한다. 해가 완전히 지기 전에 가기 위해 주린 배를 움켜쥐고 산길을 전력 질주한다.

헐떡이며 올라온 길 앞으로 드디어 정약용이 실학을 집대성했다던 다산초당이 보인다. 지금도 이곳 강진과 바로 옆 동네인 보성은 차로 유명하지만 그 당시에도 만덕산에서 차(茶)가 많이 났다고 한다. 그래서 만덕산은 다산(茶山)으로 불렸는데, 이 다산에서 정약용이 유배생활을

° ° 강진군 도암면의 다산초당

할 때 억새와 볏짚으로 집을 지어 살았다. 이 때문에 정약용이 유배생활을 하던 이 집을 다산초당이라 불렀다. 이제는 더 이상 억새와 볏짚으로 지어진 집이 아닌 재건된 기와집이지만 이 건물은 그 당시 지어진 이름을 따라 아직도 다산초당(茶山草堂)이라 불린다.

다산초당에서 동암[1]을 지나 만덕산 자락을 조금만 더 올라가면 평평한 터에 세워진 자그마한 정자가 나온다. '천일각'이라는 이름의 이 정자는 다산이 이곳에 기거할 당시에는 없었는데, 이후에 다산이 지금 이 정자가 있던 터에서 저 탐진강 물줄기를 바라보며 고향이나 가족에 대한 그리움을 달랬다는 자료가 있어 그를 근거로 지어 놓은 것이다.

신하들의 모함으로 인해 관직에서 쫓겨난 그는 이곳 강진에 살면서

---

1) 정약용이 『목민심서』 · 『경세유표』 · 『흠흠신서』 등을 집필한 서재

민초들의 고통을 알게 되고 울분을 참을 수 없었다. 이후 10여 년 동안 500권에 달하는 책을 쓰게 되는데, 이 때 후대에 길이 남을 방대한 문집을 저술하고 우리나라 실학에 큰 획을 긋게 된다.

그런 다산의 발길이 닿고 숨결이 배었을 이 자리에 앉아서, 황혼녘의 탐진강 물줄기를 바라보며 생각한다. 200여 년 전 황구첨정에 시달려 저 강가 갈대숲의 한 구석에서 낫으로 아예 남근을 끊었다던 한 가장의 이야기를. 또 그 이야기를 듣고 이 자리에서 목민관의 도리인 『목민심서』를 집필했을 정약용을. 이 모든 이야기들이 이제는 전설로 남아 강물과 더불어 흘러가고 있다.

밥이 코로 들어가는지 입으로 들어가는지 모르겠다. 너무나 허기가 졌던 탓에 걸신이 들린 것처럼 게걸스럽게 먹어댄다.

다산초당 아래에 있는 민속찻집 들꽃이야기. 이미 어둠이 짙게 깔린 탓에 오늘의 숙식을 해결하기로 한 곳이다.

내가 문을 열고 가게로 들어갔을 때는 주인 가족들이 식사를 하려던 참이었다. 가는 날이 장날이라고 주인아주머니가 오래간만에 닭볶음탕을 끓였는데, 내가 딱 맞춰 들어온 덕에 가족들과 함께 식사를 할 수 있게 되었다. 호사(好事)는 다마(多魔)라더니 낮에 그렇게 고생한 이유가 지금 이 덕을 보기 위해서였나 보다.

입구부터 아기자기하게 꾸며진 전통찻집의 식구들은 나와 동갑내기인 여학생과 남동생 한 명, 부모님으로 이루어진 화목한 4인 가족이다. 가족과 함께 밥상에 둘러앉아 이야기를 나누니 분위기가 화기애애해진다.

내 여행 여정을 이야기 하는 도중에 나와 동갑내기인 이 여학생 또한 만만치 않은 아이임을 알게 되었다. 이 친구는 나보다 앞선 지난번

°° 들꽃 이야기 찻집

여름방학에 부산에서 서울까지 국토 대장정을 했다. 몇 년 전 미션스쿨의 종교자유를 외치며 46일간 단식투쟁을 해 이슈가 됐었던 친구 강의석군과 여러 명이 팀을 이루어 15일 만에 완수했다고 한다.

　나야 나의 방랑벽 덕에 이렇게 사방팔방 휘젓고 다닌다지만, 뚜렷한 목적과 사상을 가지고서 국토종단을 했다니 정말로 대단한 아이가 아닐 수 없다. 말 한마디에 배어있는 카리스마와 자신감에 넘치다 못해 안광(眼光)을 발하는 눈을 보자니 동급생이지만 존경심마저 들었다.

　식사를 마치고서 서로 미니홈피 주소를 주고받고 내 숙소로 돌아와 잠이 든다.

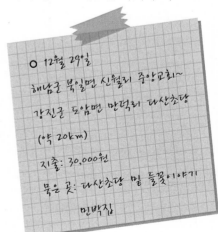

○ 12월 29일
해남군 북일면 신월리 중앙교회~
강진군 도암면 만덕리 다산초당
(약 20km)
지출: 30,000원
묵은 곳: 다산초당 밑 들꽃이야기
민박집

12월 30일 ~ 12월 31일

전라남도 강진군 ~ 영암군

12월 30일 금요일 / 흐림

성전에서 축복을 받다

차가운 공기가 상쾌하게 스며드는 아침.

이제는 내 몸 같은 배낭을 둘러매고 옅은 안개 사이로 3번 군도(郡道)를 걷는다.

가져온 미숫가루로 주린 배를 요기하고 백련사를 지나 강진으로 가는 길. 인적이란 볼 수 없는 호젓한 도로인데 서서히 뒷전에서 엔진소리가 들려온다.

요란한 굉음을 내며 나를 스쳐가는 것은 강진의 군부대 K-511 전술 차량. 적재함대에 각 잡고 앉은 10명가량의 군인들이 예상치 못한 민간인의 등장에 두 눈을 휘둥그레 뜬 채로 지나간다.

그런데 내 몸만 한 배낭을 메고 낑낑거리며 가는 나를 보더니 일제히 자리에서 일어나 박수를 쳐주는 것 아닌가. 너무나 고맙고 감동이 되어 허리 숙여 인사를 하니 더 큰 박수소리로 화답해 준다. 배낭에서 펄럭이는 푸른색 한반도기가 이 순간 더욱더 자랑스럽게 느껴진다.

강진읍으로 향하는 사색적인 신작로. 그 고요한 길의 맞은편에서 한 어르신이 내 쪽으로 발걸음을 옮기신다. 미소를 지으며 가벼운 목례를 드리자 여행객임을 아시고는 한 말씀 건네신다.

"좀 쉬어가면서 가요잉~ 뻗칭께."

난 순간 당황스러움을 금치 못했다.

어르신이 말씀하신 '뻗치다'라는 방언은 지역별로 그 뜻에 큰 차이가 있다. 주로 전라도 해안에 사시는 분들은 힘들다는 뜻으로 사용하는 반면 경상도에서는 죽는다는 뜻으로 사용된다.

경상도 태생인 나에게는 어르신의 말씀은 "쉬어가며 가지 않으면 죽는다"는 뜻으로 해석되기 마련이니 나는 당황하지 않을 수가 없었다.

강진의료원을 지나서 강진읍으로 들어온다. 종합버스터미널에 앉아 잠시 숨을 돌리며 분주히 움직이는 사람들을 바라본다.

'이곳에서 각기 다른 목적과 이유를 가진 채 잠시 같은 버스에 올라서는 도착하면 다시 다른 곳으로 흩어지겠지. 저기 난로에서 손을 쬐며 수다 떠는 여자아이들은 새해 일출을 보기 위해 동해로 가는 것 같고, 검은색 양복을 차려입은 아저씨는 출장을 마치고 집으로 돌아가시

는 모양이구나.'

터미널의 분주함 사이에서 느끼는 여유로움. 동중정(動中靜). 삐걱거리
는 주황색 의자에 조용히 앉아 있자니 내가 세상의 중점이 되 버린 것
같은 기분에 나른하게 들뜬다.

터미널 근처 식당에서 맛있는 백반을 먹고 읍내에 있는 김영랑시인
의 생가를 찾아간다. 생가는 김영랑 시인이 작고하신 후 일부 변형되었
던 안채와 문간채를 복원해 시인이 살던 시대와 똑같이 꾸며 놓았다고
한다.

입구 왼편에 커다란 비석에는 대표작 '모란이 피기 까지는'의 원문이
새겨져 있고, 생가 내에는 시인이 사용했다는 우물과 장독대가 고스란
히 남아 있으며 무엇보다 안뜰에 심어져 있는 수많은 모란들이 깊은
인상을 남겼다.

°° 강진군 강진읍의 영랑시인 생가

'일제 강점기'라는 암흑기, 당시 경향시가 주류를 이루고 있던 문단에 순수서정시로 시의 원초적인 미를 일깨워 준 김영랑 시인. 어두운 시기임에도 함축적인 언어로 아름다움을 예찬한 덕에 그의 시는 시대를 초월한 아름다움을 전하는 것이 아닐까 하고 생각해본다.

강진읍을 벗어나 2번 국도를 따라 걷는다. 목포를 향해 뻗은 2번 국도는 차량들이 쏜살같이 달리는 4차선 도로. 이런 도로는 신경이 곤두서서 걷고 나면 매우 피곤한데, 다행히 국도 밑으로 우회도로가 있어 덜 시달리며 걸을 수 있었다.

한적한 우회도로로 2시간 즈음 걸었을 때, 가는 길 오른편으로 주유소 하나가 나타난다. 차나 한 잔 뽑아 마시고 쉬어가자 싶은 마음에 염치 불구하고 사무실로 들어간다. 대부분 어디서나 외지인들이 오면 경계하며 조심스럽게 대하는 경우가 많은데 이 주유소의 주인할머니는 나 같은 여행객들이 많이들 쉬어간다며 스스럼없이 이야기보따리를 풀어 놓으신다. 여름에는 백두대간을 타는 사람들이 거의 매일 한두 팀씩 쉬어 가는데, 끼니를 못 때웠으면 밥 한 그릇 먹여 보내고, 여독이 쌓였으면 잠시 앉아서 쉬어가도록 해 주신단다.

며칠 전에도 한 여행객이 들렀다 갔다는데, 그 사람은 힘들어서 이번 여행을 포기하고 싶다는 푸념을 늘어놓고 갔다고 한다. 마음에 없는 말도 계속 하다보면 그 말이 조금씩 마음을 차지하기 마련인데 그 사람 목표가 무엇이었든 간에 포기한다는 말이 나온 걸 봐서는 그 목표를 달성했을지 의문이다.

다과도 대접받고 배즙도 몇 개 얻은 후, 다시금 부지런히 발걸음을 옮긴다. 열심히 걸은 덕에 해가 설핏 기울기 시작할 때 즈음, 성전면소재지에 도착할 수 있었다.

성전면에는 성전초등학교와 성전 중·고교를 비롯해 성화대학까지 함께 있어서 다른 면소재지에 비해 마을이 큰 편이다. 덕분에 교회도 많아서 오늘은 잠자리를 얻기가 수월하겠다.

오늘의 잠자리는 남도시민교회. 고마우신 목사님께서 선뜻 방을 내어 주셨다. 베트남에서 의료선교를 하시다가 귀국하신 김상길 목사님은 이곳에 교회를 짓고 주민 복지에 힘을 쓰셨다. 도시 교회와 농산물 직거래로 수익을 창출해서 장애우와 노인을 위한 복지 프로그램을 운영하고 독거노인들이 묵을 수 있는 건물을 지어서 갈 곳 없는 어르신들을 모시고 계신다.

의료 선교를 하시던 경험으로 나의 지친 발에 침을 놓아 주시면서 이 세상 끝까지 복음을 전파하라던 하나님 말씀을 들려주시는데, 목사님의 그 고요한 음성과 깊은 눈동자에서 난 내가 믿는 예수님의 모습을 볼 수 있었다.

잠시 휴식을 취하고 나서 금요 철야 예배를 드린다. 본래 몇 명 안 되는 교인들 중에서도 오늘의 예배를 참석하는 교인은 열 명 남짓이다. 그중 목사님이 소개해 주신 친구와 앉아서 예배를 드리게 되었다.

현재 대학 수시에 합격한 상태인 김은총군은 믿음직스럽고 생각이 깊은 친구이다. 현재 이 교회의 맏형으로 초·중·고등부 학생들을 통솔하고 있는데, 대학을 가게 되면 이 교회를 떠나야 한다. 그 표정에 섭섭하고 걱정스러운 기색이 역력하다.

목사님도 은총 군이 이 마을을 떠나 대학을 가는 것이 축복이라고 하시면서도 한편으로 아쉬움을 감추지 못하시는 것 같다.

°°강진군 성전면 남도시민교회에서 목사님, 은총 군과 함께

　예배를 마치고 내가 묵을 방으로 돌아온다. 교회 분들이 너무 잘 대해 주셔서 몸 둘 바를 모르겠다. 방에는 전기장판에 라디에이터와 샤워시설까지 갖추어져 있다. 나 같은 여행객이 묵어 갈 수 있도록 따로 마련해놓은 숙소라고 한다.

　깨끗이 씻고서 따뜻한 이부자리에 드니 추위에 떨었던 몸만 따듯해지는 게 아니라 마음 깊숙한 곳까지 따듯해진다. 덥혀진 피가 온몸을 흐르고 몸이 나른해지면서 스르르 눈이 감긴다.

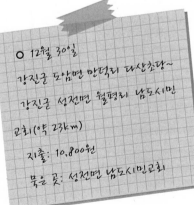

O 12월 30일
강진군 도암면 만덕리 다산초당~
강진군 성전면 월평리 남도시민
교회(약 23km)
지출: 10,800원
묵은 곳: 성전면 남도시민교회

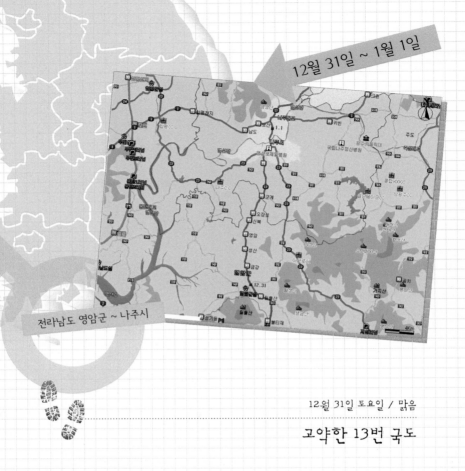

12월 31일 ~ 1월 1일

전라남도 영암군 ~ 나주시

12월 31일 토요일 / 맑음

고약한 13번 국도

　　은총군이 오늘 아침을 대접하겠다고 해서 부지런을 떤다. 은총군은 오늘 등교를 해야 하기 때문에 일찍 일어났어야 했는데 여독이 쌓여서 피곤했던지라 늦잠을 자버렸다.

　　은총군이 사주는 얼큰한 김치찌개로 뜨끈하게 속을 덥히니 어제 밤 미처 안 풀렸던 여독까지 확 풀려 버린다. 은총 군과 연락처를 교환하고 나중에 서울에 오면 밥 한 번 사주겠다는 약속을 한 후 각자 등굣

길과 여행길로 갈라져 떠난다. 나보다 어린 동생이지만 더 어른스럽고 형 같은 은총군. 학교로 향하는 그 뒷모습을 바라보니 너무 고맙고 마음이 든든해진다. 이별이 아쉽지만 앞으로 있을 더 많은 만남을 위해 미련을 버리고 발걸음을 내딛는다.

엷게 안개가 내려앉은 13번 국도. 영암과 나주, 광주에 걸쳐 담양까지 이어진 이 도로는, 앞으로 오랜 시간을 나와 함께 할 길이다. 아직은 이른 아침이라 그런지 드넓은 도로가 적막에 쌓여있다.

오늘은 서울에서 친구가 오기로 한 날이다. 며칠 전 연락이 왔는데 수능을 마치고 한 달간 아르바이트를 해서 난생 처음 스스로 번 돈을 만져봤다고 한다. 기분이 좋았던지 자신이 한 턱 쏘겠다며 오늘 영암 즈음에서 보자고 한 것이다.

수능이 끝나고 처음 맛보는 황금 같은 휴식시간. 모두들 각자의 가치 있는 시간을 보내고 있는 것 같다. 돈을 버는 친구, 열심히 운동을 해서 몸을 만드는 친구, 수험공부 때문에 할 수 없었던 자신의 취미생활을 하는 친구 등등. 그중 나처럼 훌쩍 자유를 찾아 여행하는 친구들도 많이 있을 것이다.

난 내가 역마살이 낀 게 아닐까 생각할 정도로 일탈을 좋아한다. 등교시간까지 여유가 있으면 가던 길을 벗어나 새로운 길로 돌아가 보고, 버스나 지하철을 타고 아무 곳에서나 내려 골목골목을 헤집고 다니는 것도 좋아한다. 또 이렇게 여행을 하면서 매번 다른 곳에서 먹고 자고 하는 것이 너무 즐겁다.

가끔은 김동리의 소설 『역마』에 나오는 성기처럼, 김동인의 소설 『배따라기』에 나오는 뱃사람들처럼, 이효석의 소설 『메밀꽃 필 무렵』

에 나오는 방물장수처럼, 나에게 떠돌이의 피가 흐르고 있는 것은 아닐까 하는 생각을 해보곤 한다.

아침 일찍 출발한 덕에 목적지인 영암까지 가기엔 시간적인 여유가 많이 있다. 덕분에 잠시 진로를 벗어나 월출산 국립공원의 무위사를 둘러본다. 무위사는 신라시대 원효대사가 창건한 사찰로, 극락보전(국보 13호)의 주심포식 맞배지붕²⁾과 극락전의 내면 벽화로 유명한데 극락보전의 멋들어진 ㅅ자 맞배지붕은 볼 수 있었으나, 내면 벽화는 보수작업 중이라 볼 수 없었다.

오늘이 올해의 마지막 날인지라 그런지 사찰은 불공을 드리러 온 사람들로 매우 붐빈다. 나도 붐비는 사람들과 함께 향 내음 은은한 극락보전으로 들어간다. 하늘하늘 풀어지며 피어오르는 향 연기와 그 뒤로 홀릴 듯 떨리는 촛불, 그리고 청아하게 들리는 목탁소리에 호흡은 가라앉고 마음이 차분해진다.

무위사에서 월남사지를 향하는 얼어붙은 13번 군도(郡道). 그 길의 오른쪽으로는 끝없이 녹차밭이 펼쳐진다. 보성의 다원보다는 아담한 규모이지만, 고요히 내려앉은 은색의 눈밭 사이로 고만고만한 녹차 풀잎이 고개를 내민 모습은 보성 다원의 광활함과는 다른 단아한 멋이 있다.

그렇게 녹차의 풀빛 향기를 맡으며 1시간가량을 걸었더니 월출산 국립공원 입구에 도착했다. 여기서 주봉(主峰)인 천황봉을 넘어 영암읍 개산리 방향으로 나올 계획을 가지고 요금소에서 표를 끊으려 하자, 요금소 직원이 아이젠³⁾을 착용하지 않으면 보내 줄 수 없다며 강력히 제제

---

2) 지붕의 하중을 기둥으로 집중시키는 역할을 하는 공포가 기둥 위에만 놓여 있는 주심포 형식에 ㅅ자 형태의 맞배지붕이 올라간 건축 양식

를 한다. 직원에게 사정을 해 보았지만 끝내 허락이 떨어지지 않아 아쉽게 발걸음을 돌려야만 했다.

월출산이 워낙 험한 산인데다 오늘은 유난히 빙판도 많아서 아이젠 없이 등산하다가는 큰 사고가 날 수 있다. 미연에 사고를 방지하려는 이유에서 출입을 막았겠지만 돌아 나오는 내내 직원에게 서운한 마음이 들었다.

그래도 덕분에 내려오는 길에 예정에 없던 월남사지를 둘러볼 수 있게 됐다. 월남사는 혜심이 고려시대에 창건한 절로 알려져 있는데 현재 남아있는 절터를 봐서는 제법 그 규모가 컸을 듯하다. 그러나 지금은 폐찰이 된 지 오랜 세월이 흘러 석탑과 석비만이 남아 고적한 기운을 자아내고 있다.

들어온 방향으로 다시 한참을 나와 13번 국도에 오른다. 사람이 걷고 있으리라 예상하지 못한 차들은 전속력을 다하여 아슬아슬하게 나를 스쳐 지나간다.

강진을 벗어나 영암으로 들어서니 눈앞으로 터널이 나타난다. 불티재 또는 풀치재라 불리는 고개를 뚫고 난 풀치터널은 예쁜 이름과 달리 지나기가 고약하다. 갓길로 걸어도 스치듯 달리는 차들은 터널에서는 거의 생명을 위협하는 수준으로 달린다. 공포감은 터널을 나와서 극으로 치달았다. 준 자동차 전용도로의 얼마 있지도 않은 갓길에는 눈이 거치적거치적 쌓인 채 새까맣게 얼어서, 도저히 걸어 갈 엄두가 나지 않는다.

나들목도 자주 나온다. 한 나들목에서 내가 순간 방심한 사이 차 한 대가 요란하게 급정거를 한다. 이번에는 정말 찰나에 이 세상과 이별할

---

3) 등산화 바닥에 덧신는, 강철 징이나 못이 박힌 등산 용구. 빙판길이나 눈길에서 미끄러짐을 방지해 준다.

°° 강진군 성전면 월출산의 무위사

°° 강진군 성전면 월하리의 설록차 농장

뻔했다. 차 주인은 눈을 부라리며 욕을 내뱉는데, 너무 놀란 나머지 나는 잠시 동안 그 자리에서 얼어 버렸다.

걷기 나쁜 13번 국도를 따라서 영암읍 초입에 도착할 즈음에 친구가 급한 사정 때문에 못 오겠다고 연락을 해왔다. 설레는 마음에 밤잠까지 설쳐가며 친구가 오면 어떻게 영암을 구경할까 잔뜩 계획을 짜 놓았는데, 너무나 아쉬웠다.

친구가 오지 않았지만 짜 놓은 계획이 너무 아까워서 혼자라도 계획대로 영암을 구경하기로 했다. 영암읍내 터미널에 도착해서 독천 낙지마을에서 저녁을 먹기 위해 버스표를 끊는다.

차를 타지 않고 처음부터 끝까지 오로지 내 발자국으로만 이어진 길을 남기겠다는 다짐을 했지만 독천리는 내가 가는 길에서 많이 벗어난 곳이므로 걸어갔다가 다시 걸어온다는 것은 의미도 없고 괜한 힘을 낭비하는 것 같아서 버스를 탄다. 여행 중에 또 다른 여행을 하는 기분으로, 낙지가 유명하다는 학산면 독천리 낙지마을을 향한다.

정류장에 내리자마자 세발낙지를 파는 도매상과 식당이 많이 보인다. 식당에 손님들이 고만고만하게 있어서 현지인 여러 명에게 물어보고 추천해 주는 식당을 찾아 들어간다.

메뉴판엔 다양한 낙지 요리가 있다. 그중 갈비와 낙지를 함께 넣어 끓인 갈낙탕이라는 음식이 혼자 먹기도 알맞겠고 이곳만의 별미라길래 한 그릇 주문한다. 전라도 한우의 갈비와 살아있는 펄 낙지를 넣어서 진하게 우려낸 갈낙탕은 육수의 깊고 깔끔한 맛은 말할 것도 없고, 영양 또한 만점이다. 마파람에 게 눈 감추듯 한 그릇 뚝딱 넘기고 나니, 친구가 와서 함께 먹었으면 정말 좋았을 거란 생각에 다시 한 번 아쉬워진다.

。。영암군 학산면 독천리 낙지마을

　　식사를 마치고 식당을 나서니 어느새 칠흑 같은 어둠이 두껍게 깔렸다. 독천에서 다시 버스를 타고 영암읍내 정류장으로 돌아오는 길. 아까 왔던 길이지만 아무것도 보이지 않는 고요한 도로에는 버스 전조등이 비추는 부분만이 별세계가 되어 나타나서 신비한 기운을 자아낸다.

　　덜컹거리며 달리던 버스는 어느새 영암군 정류장에 멈춰서고 난 올해의 마지막을 보낼 숙소를 찾기 위해 잠시 고민한다. 큰 교회가 많이 있어 얻어 잘 수는 있겠지만 대부분 송구영신예배를 드리고 있을 것이기 때문에 오늘은 그냥 큰맘을 먹고 돈을 들여 모텔을 잡고 짐을 푼다.

　　'이렇게 나의 20살 마지막 밤이 저무는구나' 하는 생각에 이리저리 뒤척이다 잠이 든다.

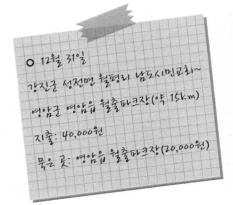

O 12월 31일
강진군 성전면 월평리 남도시민교회~
영암군 영암읍 월출파크장(약 15km)
지출: 40,000원
묵은 곳: 영암읍 월출파크장(20,000원)

운은 좋았으나 고단했던 새해 첫날

새해 첫 아침이 밝았다. 작년엔 도보로 강원도 횡단 중에 정동진 공원 화장실에서 쪽잠을 자며 새해 아침을 맞이했었다. 올해는 침대까지 갖추어진 모텔 방에서 새해를 맞이하니 작년에 비하면 호사스럽다.

오늘로서 여행 1주일째. 몸은 조금 피곤하지만 머리는 맑고 마음은 날아갈 듯하다. 계획대로라면 내일 모레쯤 광주에 도착 할 수 있을 것 같다. 광주에서는 하루 정도 쉬기로 마음먹었으므로, 오늘은 좀 먼 길이지만 나주까지 가기로 했다. 나주까지는 가야 광주에서 쉴 때 마음 편히 쉴 수 있을 것 같다.

이른 아침이라 사방이 고요하다. 시리게 내려앉은 아침공기를 뚫고 정적이 감도는 거리를 걷는다. 두껍게 깔린 차가운 공기는 호흡을 할 때마다 몸속까지 차갑게 적신다.

너무 이른 아침에 나서서 그런지 영암읍내 영업을 시작한 식당이 보이질 않는다. 아침을 든든히 먹어 두어야 부지런히 걸어 나주까지 갈 수 있을 텐데 큰일이다. 낙담하며 13번 국도를 따라 한 시간쯤 걷자, 다행히 도로 맞은편으로 연기가 피어나오는 자그마한 기사식당이 나타난다.

알루미늄으로 된 미닫이문을 열고 식당으로 들어서니 자그마한 연탄난로가 지펴져 있다. 아까 모락모락 피어오르던 연기는 이 연탄난로의

작품이었다. 벽에 붙은 두유 빛깔의 아크릴 메뉴판에는 거무스레한 빛
이 나는 붉은 글자로 '백반 5000원'이라고 쓰여 있고 다른 메뉴는 없다.

주인할머니께서 무뚝뚝하셔서 오늘 아침은 그저 배나 채우겠다 싶
었는데 웬걸 정성 가득한 불고기백반을 아주 푸짐하게 차려 주시는 것
이 아닌가. 5천 원을 내고 나오는데 정말 기분이 좋다.

식당을 나서니 어둠이 묻어있던 새벽기운은 가시고 어느새 따스한
아침이 밝았다. 한적하던 13번 국도는 차량의 통행량이 많아졌지만, 아
직은 걷기가 그렇게 나쁘지 않다.

신북면으로 들어와서는 잠시 13번 국도를 벗어나 면사무소 쪽으로 난
예쁜 도로로 들어선다. 지금 걷는 이 도로는 1차선뿐인 좁은 도로이지
만 웅장한 가로수가 늠름한 자태를 뽐내며 솟아있다. 어찌 보면 대조적
일 수 있는 그 모습이 어색하기는커녕 조화를 잘 이루어 아주 아름답다.

아침 일찍 출발한 덕에 여유가 생겨서 잠시 진로를 벗어나 마을을
돌아본다. 신북면소재지에서 동쪽으로 30분가량 들어가면 전라남도
기념물 제105호 영팔정이 나타난다. 영팔정은 정면 3칸, 측면 2칸, 그리
고 겹처마 팔작지붕을 얹은 형태의 정자이다. 태종 6년(1406)에 전라도
감찰사 하정 유관(夏亭柳寬)이 이곳 경치에 감탄하고 지금 이 자리에 영
팔정을 지었다고 한다.

나도 어디 그 경치 한 번 감상해보자 싶어서 정자 앞뜰에 쌓인 눈밭
을 해치고 올라가 배낭을 멘 채로 사지를 펼치고 벌러덩 누워버린다.
차가운 공기가 지친 몸을 차분히 가라앉힌다. 수백 년 전에도 누군가
지금 이 자리에 누워 쉬곤 했겠지 하는 상상을 하니 괜스레 시공을 초
월한 기분이 든다.

˚˚아름다운 신북면의 군도

˚˚영암군 신북면 모산리의 영팔정

영팔정 바로 옆에는 작은 미술관이 있다. 유수택(柳秀澤)씨가 지인들의 도움을 받아 자신의 소장품과 사재를 내어 만든 아천미술관이 그것이다. 갈 길은 멀지만 불쑥 드는 호기심을 이길 수 없어 미술관을 찾아 들어간다.

미술관 앞뜰에는 호수를 중심으로 조각상과 도자기 같은 여러 전시물들이 있고, 대나무 숲에는 석고재질로 된 실물크기의 백마가 떡하니 서있다. 멀리서 보면 정말 말 한 마리를 대나무에 매어놓았나 착각 할 정도로 현실감 있게 만들어 놓았다. 앞뜰을 구경한 이후 본격적으로 미술관 내부를 관람하려고 건물로 들어가 봤더니 오늘은 신정 휴일이라 문을 열지 않았다. 아쉽게도 내부는 구경하지 못하고 들어왔던 길을 통해 다시 13번 국도로 돌아온다.

°° 영암군 신북면 모산리의 아천미술관

13번 국도로 돌아오자마자 눈앞에 신북휴게소가 나타난다. 마을을 구경하다가 끼니때를 놓쳐 배고팠는데 이제야 요기를 하겠구나 싶어서 신나게 뛰어 들어간다. 제법 큰 규모의 이 휴게소에는 뷔페식 식당이 있다. 가난하고 배고픈 여행자가 7천 원을 내고 마음껏 먹을 수 있다는 건 정말 횡재다.

초밥, 족발, 회, 불고기 등 배낭여행 중에는 먹기 힘든 음식들을 한 접시 가득 담아 깨끗이 비우기를 5접시, 결국 처음부터 나를 유심히 지켜보시던 주인아주머니께서 약간 화나신 표정으로 너무 먹으면 배탈이 난다며 그만 먹으라고 하신다. 이만하면 7천 원 어치는 더 먹었겠다 싶고 눈치도 보여 아쉽지만 5접시를 마지막으로 수저를 놓고 식당을 나온다. 저렴한 뷔페를 만나다니 새해 첫날부터 운이 좋은 것 같다.

신북휴게소를 나서서 35분가량을 더 걷자 배(梨) 모양을 본 뜬 상징물이 나타난다. 세계적으로도 그 명성이 자자한 나주배의 고향, 나주로 들어선 것이다. 역시나 나주로 들어서기 무섭게 배의 고장이란 위용을 과시하듯 도로변엔 배나무 밭이 드넓게 펼쳐져 있다. 하늘을 찌르는 듯이 가지를 뻗은 배나무들이 하얀 설원을 갈색 빛으로 채우고 있다. 앙상히 뼈대만 남아 바람에 파르르 떨리는 가지를 보면 어떻게 저 가지가 다시 풍성하게 꽃을 피우고 그 커다란 배 열매를 맺을 수 있을까 싶지만, 이 모진 겨울이 가고 나면 배나무들은 언제 그랬냐는 듯 품어왔던 싹을 다시 틔울 것이다.

나주를 들어온 지 얼마 지나지 않아 어느새 해는 지고 사방이 고요하다. 오늘 잠깐 진로를 벗어나 신북면 모산리 마을여행을 즐긴 바람에 갈 길은 멀었는데도 체력이 많이 축나버렸다.

°° 배 모양의 나주시 상징물

°° 전라남도 나주시의 배나무밭

가도 가도 끝이 보이지 않는 13번 국도. 해는 지고 인적도 없어 적적 하던 차에 멀리 할머니 한 분이 다가오신다. 지나쳐 가시려는 할머니께 나주 시내까지 얼마나 더 가야 하냐고 여쭈니, "워메, 설찮이 남았응께 부지런히 가야겠네"라고 하신다. '설찮이'는 전라도 지방의 사투리로 '수월치 않다' 정도의 뜻이라는데 듣는 순간 생소했던 단어라 바로 이해하지 못했다.

지친 몸을 끌듯이 움직여 앞으로 가길 수십 분. 저 멀리 영산강 물줄기와 함께, 밝은 불빛들이 나타나기 시작한다. 너무 오래 걸어 피곤했지만, 곧 닿을 듯 반짝이는 불빛들이 지친 내 다리에 힘을 실어준다.

젖 먹던 힘까지 짜낸다는 기분으로 걸어서 드디어 영산강의 남부 도시인 영산포에 도착한다. 영산포는 고려 말기에 흑산도의 주민들이 일제 침략을 피해 정착하면서 형성된 고장이다. 그 당시 홍어를 즐겨먹던 흑산도 주민들은 뱃길로 홍어를 싣고 왔는데, 오는 도중에 홍어가 곰삭아버려 특유의 암모니아 향을 풍기게 되었다고 한다. 헌데 그 맛이 일품이어서 이후 이곳 영산포를 시작으로 삭힌 홍어가 유명해 졌다고 한다. 듣기로는 1960년대 까지만 하더라도 홍어와 멸치젓을 실은 배들이 이곳 영산포구에 몰려왔다고 한다. 그래서 이곳에 어물전을 형성하여 인산인해를 이루었다고 하는데 지금은 그 옛날 포구로서의 기능은 상실 했다. 그러나 당시에는 불을 밝히고 있었을 콘크리트 등대와 주변의 수많은 홍어 어물전들이 선창에 배를 대고 어물을 흥정했던 시절이 그리 오래된 이야기가 아님을 입증해 주고 있었다.

해가 저문 지도 오랜 시간이 지났고 저녁도 못 먹었으며 몸도 많이 지쳤다. 영산포에서 어떻게든 숙식을 해결하고 싶었으나, 영산포에 있

2006.01.01 19:34

˚ ˚ 영산포 홍어의 거리

는 교회 3군데가 모두 문이 잠긴 상태였다. 사실 영산포만 해도 돈을 지불하면 편히 묵어 갈 수 있는 모텔이나 여관은 매우 많다. 그러나 내일 광주에서 편히 쉴 수 있는데, 오늘 괜히 돈까지 써 가며 편한 잠자리를 얻기는 싫다는 오기가 생겨 결국은 다시 지친 몸을 이끌고 영산대교를 건넌다.

영산대교에서 반쯤은 얼어버린 영산강을 바라본다. 흐르지 않는 듯 고요한 강에 황홀한 조명이 별처럼 반짝인다. 그 빛은 마치 은하수 같아서 하염없이 바라보자니 내 몸이 강 속으로 쏴아 하고 빨려 들어가 버리는 것 같다. 몽롱하게 취한 듯한 기분에 넋을 놓고 있다가 번쩍 정신을 차리니 현기증이 난다. 가딱하다간 영산강에 빠질 뻔했다. 몸은 지치고 먹은 것도 없는데 경치에 홀려 긴장의 끈을 놓았던 것이다. 이럴 때일수록 바짝 정신 차리자 다시 다짐하고 네온사인이 어둠을 밝힌

시내로 들어선다.

시내로 들어와선 십자가만 찾아 방황한다. 그러나 신정연휴 인데다 가 시간도 밤 10시를 훌쩍 넘긴 터라 대부분 목사님들은 사택으로 돌 아가시고 교회들은 비어있다. 발목까지 눈이 쌓인 거리를 발을 끌다시 피 걸어가며 묵을 곳을 찾아다닌다. 양말까지 흥건하게 젖어 발끝에 감각이 사라진다.

지금까지 지나온 지역에는 철도가 없었는데, 나주에 오자 드디어 기 차가 다니기 시작한다. 나주역을 지나 실낱같은 희망을 가지고 마지막 교회의 문을 두드리자 신년 예배를 드리시던 집사님 한분이 나오신다.

"안녕하세요, 저는 지금 영암에서부터 걸어오는 길인데요, 시간도 늦 었고 몸도 많이 지쳐서 오늘 여기 잠자리를 얻을 수 있을까 하는데요."

"아이고, 어떻게 거기서부터 걸어 오셨데요? 저녁은 드셨나 모르겠 네. 잠시만 기다리쇼잉."

정말로 천만 다행이다. 신년 기도를 드리던 아주머니들께서 따뜻한 저녁밥까지 차려 주시고 잠자리를 준비해 주신다.

"화장실은 밖에 있으니까, 깨끗이 씻고 주무쇼잉."

처음 보는 여행객을 이렇게 따뜻이 맞이해 주는 인심에 여태껏 쌓인 피로가 눈 녹듯 사라진다. 발에는 커 다란 물집이 잡히고, 몸은 깨질 듯 아 프지만, 양말 빨래와 짐정리 등 오늘 해야 할 마무리는 모두 하고 잠자리에 눕는다. 많이 힘들었지만, 내일 편히 쉴 생각에 벌써부터 행복하다.

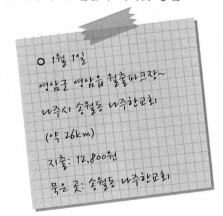

○ 1월 1일
영암군 영암읍 월출파크장~
나주시 송월동 나주한교회
(약 26km)
지출: 12,800원
묵은 곳: 송월동 나주한교회

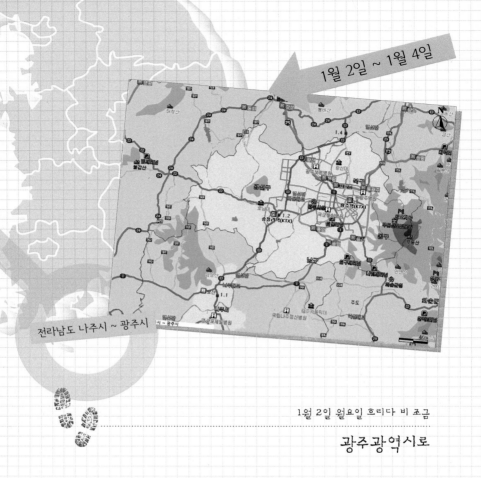

1월 2일 ~ 1월 4일

전라남도 나주시 ~ 광주시

1월 2일 월요일 흐리다 비 조금

광주광역시로

　어제 무리를 해서 피곤했지만 미닫이문 틈으로 햇살이 들어오자 눈
이 번쩍 뜨인다. 생체리듬이 여행에 적응한 것이다. 그러나 여전히 온
몸의 근육은 쑤시고 발에 잡힌 물집은 한껏 성이 올랐다. 자기 전에 소
염진통제도 바르고 물집엔 실을 꿰어 놓았었으나, 하룻밤 사이의 처방
은 별 효력을 못 본 것 같다.

　아침 스트레칭을 하는 도중에 어제 잠자리를 봐주셨던 집사님 한 분

이 들어오신다. 아침식사를 차려주시려고 댁에서 교회까지 와 주신 것이다. 겨우 새벽기운이 가시려고 하는 이른 아침인데 나 때문에 일부러 교회까지 와 주시다니 너무 감사하다. 그러나 오늘 아침으로는 금계시장에서 그 유명한 나주곰탕을 먹을 계획이라서 괜찮다고 말씀드리고 교회를 나서는데 참 죄송했다.

시청에 들러 여러 가지 지역 홍보물을 얻어가지고 나온다. 어느 시, 군이든 간에 관광안내소나 행정사무소를 들르면 이런 지역 홍보물을 얻어 올 수 있는데, 자세한 지역정보도 얻을 수 있고 방문 기념품으로도 소장할 수 있다.

시청 앞에는 완사천(浣紗泉)이라는 유적지가 있다. 이 유적지가 빨래샘, 즉 완사천이란 이름이 붙게 된 야사는 누구나 한 번쯤은 들어 알고 있는 것일 텐데, 대략의 줄거리는 이렇다.

고려의 태조 왕건이 고려를 건국하기 전인 AD 903~914년 동안, 그는 태봉국 궁예의 장군으로서 후백제의 견훤과 맞서 싸웠다. 그 당시 수군장군이었던 왕건은 지금의 나주역 옆에 배를 정박시키는 도중, 물가에 오색구름이 서려있음을 보게 된다. 그가 이를 기이 여겨 그 곳으로 가보니 샘가에서 아리따운 처녀가 빨래를 하고 있는 것이 아닌가. 왕건이 물 한 잔을 청하자 처녀는 바가지에 물을 떠 버들잎 하나를 띄워 건넨다. 급히 물을 마시면 체할까 하여 천천히 먹을 수 있도록 기지를 발휘한 것이다. 이후 왕건은 그 여인을 왕비로 맞게 되는데 그녀가 바로 장화왕후 오씨 부인이며, 그의 아들인 무(武)가 곧 고려의 2대왕인 혜종이 된다.

유적지엔 야사에서처럼 버드나무 한 그루가 빨래터 옆에서 가지를

°° 전라남도 나주시 송월동 완사천

늘어뜨리고 있고 그 앞엔 동상이 그때를 형상화하여 서 있는데, 마치
그 당시 상황이 눈앞에 펼쳐지듯 생동감 있게 제작해놓았다.

완사천에서 남고문을 지나 나주 중심지로 향한다. 남고문을 중심으
로 5개의 도로가 뻗어 나가는 모습을 보자니 마치 파리의 개선문이 연
상된다. 남고문에서 북쪽으로 5분 정도 올라가니 나주천이 나온다. 폭
이 10m도 안 되어 보이는 하천이다. 그런데 겨울이라 물은 없고 쓰레
기들만 널브러져 있어서, 지나는데 기분이 그다지 좋지 않다.

나주천을 지나 금계시장을 향하는 길은 나주시 최고 번화가인데, 여
태껏 지나온 군 단위의 중심지보다 훨씬 더 북적거리고 번성했다. 역시
괜히 시(市)가 아니구나 싶다. 금계시장을 지나면 바로 나주곰탕거리인
데, 여느 유명한 먹거리 골목과 다름없이 여러 개의 식당들이 모두 서

°°맛있는 나주 곰탕

로가 원조라고 주장한다.

식당에 들어서는 순간 진하고 구수한 육수의 향기가 군침을 돌게 한
다. 메뉴판을 보니 곰탕에도 참 여러 가지 종류가 있다. 그중 내가 시
킨 수육곰탕은 진하게 우러난 육수에 수육이 얹어져 나오는 메뉴다.

수육곰탕은 육수에 밥을 말고 한 술 떠서 그 위에 수육과 고명을 얹
은 뒤, 시뻘건 깍두기와 함께 먹어야 구수하고 깊은 그 맛을 제대로 느
낄 수 있단다. 국밥 한 그릇을 후루룩 비우고 사이다까지 한 병 마시
고 나니 뱃속까지 따끈해지며 기운이 솟는다.

배도 든든히 채웠겠다, 다시 기운을 내서 눈 쌓인 도로를 걷는다. 올
해 호남 지역에 내린 60년 만의 폭설 때문에 인도에도 발목까지 눈이
쌓여있다. 그런데 한 순간 얼어버린 인도를 헛디뎌 몸에 중심이 흐트러

져 버린다.

"으악!"

결국 소리를 내지르며 도로 위로 멋지게 슬라이딩을 해버린다. 벌떡 일어나 주변을 둘러보는데, 내 또래 여학생과 정면으로 눈이 맞는다. 아, 너무나도 쑥스럽고 낯이 뜨겁다. 허둥지둥 하는 나를 그 여자아이는 애써 태연한 척하며 지나간다. 차라리 한바탕 웃기라도 하지, 내 신세가 참 처량하다. 한참을 지나서 정신을 차려보니 손바닥이 까져서 피가 흐르고 있었다. 슬프다.

광주로 향하는 13번 국도변에는 나주배 직판장이 많이 있다. 문을 연 곳이 있으면 배즙이나 몇 개 살까 했는데, 제철이 아닌데다가 날도 춥다 보니 모두 문을 열지 않았다.

아쉬운 마음을 달래며 부지런히 광주로 향하는 도중, 며칠째 흐리던 하늘에서 드디어 부슬비가 내리기 시작한다. 덕분에 언제쯤 쓸까 싶었던 우의도 꺼내 입고 배낭에도 방수커버를 씌운 후 다시 길을 걷는다. 부슬비를 맞으며 얼마 걷지 않아 드디어 광주광역시 광산구로 입성한다. 광주는 이번에 계획한 여정 중에서 가장 규모가 큰 도시인만큼 하루 정도 쉬어 가면서 전열을 가다듬을 예정이다.

아버지의 지인 두 분께서 차를 가지고 용봉동까지 마중을 나와 계신다. 부슬부슬 비는 내리는데 다리를 절룩이며 걷는 나를 보시더니 어서 차에 타라고 하신다. 헌데 난 송정리역까지는 걸어가야 내일 모레 다시 시작하기 편하다며 굳이 걷는다. 그러면 짐이라도 차에 실으라는데 난 기어코 메고 가겠다고 고집을 부린다.

어떻게 생각해보면 이렇게 마중 나오신 분들께 예의도 아니고 융통

성이 없는 것인지도 모르지만 '전국을 배낭을 메고 오직 걸어서만 종단
하겠다'는 유별난 다짐을 어기기 싫었다. 결국에는 두 분의 에스코트를
받아가며 걸어서 송정리역에 도착했다.

송정리역에 발도장을 찍어놓고는 상무지구로 향한다. 상무지구는 대
규모 군사교육시설인 상무대가 1994년 장성으로 이전한 후, 택지시설
과 상업지구, 업무지구가 들어서면서 크게 발전한 지역이다. 덕분에 숙
박업소와 고급 음식점들이 즐비한데, 두 분께서 정말 고생이 많다고 고
급 식당에서 한우 꽃등심을 사 주셨다. 정말 얼마 만에 먹어보는 고기
인가. 그냥 입에 넣자마자 살살 녹는다. 얼마나 배고팠냐며 많이 먹으
라고 육회에다가 차돌박이까지 푸짐하게 시켜주신다. 너무 감사하다.

고기를 먹고는 상무로에 숙소 하나를 잡는다. 객실은 아주 깔끔하고

° ° 광주광역시 광산구 송정동 송정리역

고급스러운 것이 아마 이번 여행에서 가장 좋은 숙소일 것으로 예상된다. 신이 나서 욕조에 뜨거운 물을 받은 후, 속옷과 겉옷을 몽땅 넣고 밀린 빨래까지 한다.

　푹 쉬려던 숙소에서 두 시간가량 옷가지들을 빨고 나니 오히려 더 피곤 한 것 같다. 빨래를 마치고 나도 뜨거운 물에 몸을 담근 후 쓰러지듯이 침대에 몸을 던진다. 두 분께서 2일 동안 숙소를 예약해 주시고 여행경비에 보태 쓰라며 금일봉까지 주셨다. 정말 감사하다. 내일은 일찌감치 방 뺄 필요가 없으니 오래 간만에 늦잠이나 자 봐야겠다.

○ 1월 2일
나주시 송월동 나주 한 교회~
광주광역시 광산구 송정동 송정리
역(약 18km)
지출: 7,000원
묵은 곳: 상무지구의 모텔

쉬려던 계획은 무산되고

지금 내가 묵고 있는 이 모텔은 소위 러브텔이라 불리는 곳이다. 사실 이런 곳을 밖에서 볼 때는 거부감이 들었는데 막상 묵어보니 이만큼 좋은 숙소도 없다. 화장실에는 에어마사지가 나오는 월풀 욕조가 있고 넓은 침대에 냉장고와 비디오까지 설치되어 있으며 리모컨만으로 모든 시설물을 통제할 수 있게 해놓았다. 다만 각 층마다 요상하게 생긴 킹콩, 도깨비, 코브라 등을 판매하는 자판기가 놓여 있고, 객실에는 친절하게도 콘돔이 비치되어 있는 점이 좀 꺼림칙하다. 그리고 창문을 닫으면 햇빛이 완벽하게 차단되어 한낮에도 얼마든지 어둡게 할 수 있다는 장점도 있다. 그 덕분에 오늘은 해가 뜨는 것도 모르고 늘어지게 늦잠을 잘 수 있었다.

사실은 오늘 숙소에서 푹 쉴 계획이었으나, 광주의 명소를 보고 싶은 마음에 도저히 그냥 누워 있을 수 없었다. 결국에는 아직 덜 마른 옷을 입고서 현재 광주 지하철의 종점인 상무역으로 나선다.

광주 지하철은 개통된 지 얼마 되지 않아서 시설이 깔끔하다. 열차는 서울에 비해 작고 귀엽지만, 알차면서도 속도감이 있어 보인다. 그러나 현재의 종점 상무에서 반대편 종점 소태까지 15분가량을 지켜보니 이용하는 승객은 얼마 없는 것 같다. 현재 1인당 수송원가가 3,100원이지만 요금은 전 구간 800원으로, 완전한 적자사업이란다. 어서 남은 구간과 새로운 구간이 개통되어 많은 승객이 이용하게 됐으면 좋겠다.

광주에 오면 무슨 일이 있어도 꼭 가기로 한 곳이 있었는데, 바로 남광주역이다. 광주 출신의 곽재구 시인이 쓴 시 중에 내가 가장 좋아하는 '사평역에서'라는 시가 있는데 그 시의 모태가 바로 남광주역이기 때문이다. 시에서 간이역을 어쩌나 아름답게 묘사해놓았는지 사평역은 나의 동경의 대상이었다. 그러나 2000년 경전선이 남서쪽으로 이설되면서 남광주역은 더 이상 유지할 필요가 없는 간이역이 되었고, 지금은 그 자리엔 남광주시장이 들어섰다. 역이 있었던 터라도 찾아가 보자 싶어 찾아간 곳에는 역의 흔적조차 사라진 아스팔트 주차장만이 남아있다. 한 두릅 굴비와 한 광주리 사과를 만지작거리며 하고 싶은 말은 많지만 침묵만 감돌았을 남광주역의 대합실. 여러 가지 사연과 추억이 있을 간이역을 흔적조차 남기지 않고 개조해버린 행정조치가 멋없다고 생각한다.

남광주역에서 얼마 가지 않아 커다란 분수대가 있는 5·18민주광장이 나온다. 이 분수에서부터 쭉 뻗어나가는 도로는 광주의 핏줄이라 할 수 있는 금남로인데, 이 자리에 있던 도청은 얼마 전 무안군으로 옮겨 갔다. 옛날부터 금남로 일대는 전남 행정의 중심지 역할을 해 왔다. 더구나 이 금남로는 5·18 민주화운동의 시발점으로서 진정한 광주를 느끼려면 꼭 한 번은 방문해 봐야 하는 곳이다.

여행 9일째 시골길만 다니다가 빌딩이 높게 솟고 사람들로 북적이는 금남로와 충장로를 활보하니 활력이 솟아난다. 점심을 먹는데 숙소를 잡아주신 아버지 지인 분으로부터 잘 잤냐고 연락이 왔다. 광주에 온

°° 깔끔한 광주의 지하철

°° 남광주역이 있었던 현 남광주 시장

°° 5.18 민주항쟁 추모탑

김에 이곳저곳을 둘러보고 있는 중이라고 하니 승용차 한 대와 회사 직원 한 분을 보내 주신다. 주가 되는 국토종단에 힘쓰고 부가 되는 여행에는 괜한 다리품 팔지 말라면서 말이다. 광주지역 유스호스텔 창립

멤버로 활동하셨던 분인 만큼, 배낭여행자의 마음을 잘 이해해 주신다. 덕분에 광주에서도 한참 외각에 위치한 5·18 국립묘지와 개최를 준비 중인 광주비엔날레 전시관도 방문한다.

5.18 묘지에서 무차별 살해를 감행했던 신군부 세력에 대항하여 민권투쟁을 했던 시민들의 넋을 추모한다. 연약한 시민을 장갑차와 기관총으로 진압했던 신군부 정권을 생각하면 너무나 화가 난다.

지금 이들의 목숨 덕에 내가 현재의 민주주의를 누리고 있구나 생각하니 절로 숙연해지고 고개가 숙여진다.

결국 오늘 쉬려고 했던 계획은 수포로 돌아갔지만 승용차와 가이드 해주신 직원 분 덕분에 발품을 많이 팔지 않고도 편안히 관광할 수 있었다. 다시 숙소로 돌아와 따뜻한 물에 몸을 담근 후 침대에 눕자 나른함이 몰려와 눈이 감긴다.

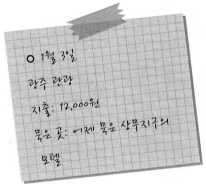

○ 1월 3일
광주 관광
지출: 12,000원
묵은 곳: 어제 묵은 상무지구의
모텔

1월 4일 수요일 / 흐림

감사하지만 할 수 있습니다

오늘의 목표는 광주를 벗어나 담양까지 가는 것. 부려 놓았던 짐을 다시 싸고 발도장을 찍어 뒀던 송정리역으로 향한다. 송정리역에는 아버지 지인 분께서 먼저 도착해 기다리고 계셨다. 아침식사도 챙겨 주실 겸 배웅하러 나오신 것이다.

오늘의 아침식사는 송정떡갈비. 송정동에는 30년 전통의 떡갈비 골목이 있는데, 이것이 송정에 오면 꼭 먹어줘야 할 명물이다. 갈비살에 여러 부위의 고깃살을 섞어서 잘게 다진 후 마늘, 생강, 참기름 등으로 만든 양념을 발라 노릇노릇 구워낸 떡갈비는 임금님의 수라상에 오르던 음식으로도 유명하다. 또 살을 발라내고 남은 갈비뼈로는 탕을 끓여 주는데, 구수한 육수가 떡갈비와 궁합이 아주 잘 맞는다. 거기에다가 갈비탕은 무한리필이다!

근사한 아침 식사를 마치고는 또다시 혼자가 되어 길을 걷는다. 이틀 가량 여러 사람들에게 신세지며 함께 지내다가 다시 혼자가 되니 발걸음이 잘 안 떨어진다. 광주공항을 오른쪽으로 끼고 철길 건널목을 가로질러 가는 길은 여전히 13번 국도지만 인도가 있어서 지금까지보다 훨씬 걷기 좋다.

그러나 주택지역을 벗어나 하남공업단지에 들어서자 또다시 고역이

시작된다. 거대한 화물을 실은 대형 트럭들은 시커먼 매연과 먼지를 일
으키며 숨통을 턱턱 막히게 만든다. 또 공단의 특성상 보행자가 별로
없기 때문에 인도도 잘 갖추어져 있지 않을 뿐더러 횡단보도를 건너려
면 신호등에 있는 버튼을 누르고 신호가 바뀌기를 한참동안 기다려야
한다. 공단의 각 블록으로 들어가는 도로에는 1번부터 차례대로 번호
가 붙어 있는데 12개의 교차로를 지나 13번 도로에 가서야 드디어 다
시 인도가 나타난다.

13번 도로에서부터 비아동까지의 길은 아주 복잡하다. 시골길과 달
리 거미줄처럼 복잡하게 얽힌 도시의 길을 찾아 가려니 여간 헷갈리는
것이 아니다. 그런데 때마침 하남공단에 계시던 아버지 지인 분께서 배
웅 나오셔서 비아동까지 차량으로 에스코트를 해 주신다. 하남공단을
지나면 길이 복잡할 것을 아시고 몸소 배웅까지 나오신 것이다. 결국
광주에서는 시작부터 끝까지 많은 분들께 신세를 진다. 너무 감사하다.

비아동의 첨단지구를 거쳐 담양을 향해 걷는다. 이곳은 1990년에 첨
단과학 산업단지로 지정되면서 '첨단지구'라는 이름이 붙게 되었는데,
이름에 걸맞게 광주과학기술원(GIST)을 비롯해 각종 과학 산업체와 연
구소들이 밀집되어 있다. 첨단지구는 지자체 계획 하에 건설된 곳이라
도로도 넓고 건물들도 반듯반듯 하며 걷기도 좋다. 또한 병원, 연구원
뿐만 아니라 첨단 붕어빵, 첨단 식당처럼 어느 분야건 하나같이 첨단
을 달리고 있는 재미있는 지역이다.

뻥 뚫린 6차선 도로가 2차선이 되고 점점 엉성해지던 인도도 사라지
는가 싶었는데 어느새 광주를 벗어나 담양군으로 들어섰다. 아득한 지
평선의 야트막한 동산에 감빛 노을이 내려앉아 초저녁의 기운을 자아

낸다. 그 풍경을 보며 걷자니 너무 아름다워 넋이 놓인다.

그러나 노을이 깔린 지 얼마 지나지 않아 곧바로 어둠이 내려앉고 결국 다시 위협하듯 달려오는 차들 때문에 신경을 바짝 곤두세운 채로 걷는다.

대전면소재지까지는 가야 잠자리가 있을 텐데, 어두운 밤길, 위협하듯 스쳐 지나는 차량들이 무서워 제대로 발걸음을 옮길 수가 없다. 좁은 도로에 차들은 왜 이리 많이 다니는지, 더 이상 걷다가는 여기서 죽을 수도 있겠다는 생각이 들 때쯤 도로 오른쪽 작은 마을에 붉은색 십자가 하나를 발견한다. 갈대 사이로 난 길을 따라서 들어가니 작은 마을 교회 하나가 있다. 하나님께서 나를 인도하셨구나 하는 생각과 함께 기쁘고 감사한 마음으로 사택을 찾아 들어선다.

사택에 들어서자 식사를 하고 계시던 목사님 내외분과 군대를 갓 제대한 형 두 명, 그리고 교인 두 분께서 나를 맞아 주신다. 사정을 말씀드리고 하루 묵어 갈 수 있겠냐 여쭈니 흔쾌히 그러라고 하신다. 때마침 식사시간에 맞춰 온 덕에 저녁 식사도 함께 하면서 이야기를 나누고 수요 예배까지 드린다.

자그마한 예배당에 예닐곱 명 가량의 신도들이 모였다. 사모님 말씀이 주로 농촌지역에는 무속신앙이 강하게 남아있어 몇 안 되는 주민들마저 잘 교회를 나오지 않는다고 한다. 이런 마을에서 오로지 하나님의 사랑을 전하기 위해 개척교회를 운영하시는 강재옥 목사님은 정말 대단하신 분이시다.

예배를 드리러 오신 어르신들께서는 현재 내가 해남에서부터 여행 중임을 듣고서는 애쓴다며 안쓰러워하신다. 뭐 내가 좋아서 하는 일인데 걱정해주시다니 괜스레 겸연쩍으면서도 감사하다.

사택으로 돌아오니 사모님께서 거실에 잠자리를 마련해놓으셨다. 모두들 나를 배려해 거실의 TV도 마다하고 방으로 들어가시고 거실에는 나만 남았다. 모두가 자리를 비운 조용한 거실, 피곤해 눕고 싶은 마음이 간절하지만 잠시 잠을 미루고 자리에 엎드린 채 열심히 일기를 쓰고 일정을 점검한다.

얼마나 지났을까. 한창 일기를 쓰고 있는 중에 몇 달 전에 해병대를 전역했다는 형이 조용히 방에서 나오신다. 그러시더니 대접한 저녁이 부실한 것 같다며 같이 라면이나 끓여 먹자고 하신다. 저녁이 부실하기는커녕 밥 한 사발에 물고구마와 홍시까지 먹어 아직도 배가 꺼지지 않고 있다고 몇 번이나 사양하자 다시 라면을 넣어 놓으시고 다가와 조용하면서도 단호한 말투로 나를 타이른다.

"이러다가 몸 상하면 평생 고생이야, 아무리 군대라도 이런 혹한기에 너처럼 무리하게 행군하지 않아. 네 몸을 생각해서라도 지금 그만두고 봄이나 여름에 다시 시작하는 방법을 고려해봐."

아. 형은 엄동설한에 객지를 돌아다니는 내가 걱정되서서 일부러 라면을 핑계로 말을 붙이러 나온 것이었다. 이렇게 날 생각해서 진지한 조언을 건네주는 형이 너무나 고마웠다.

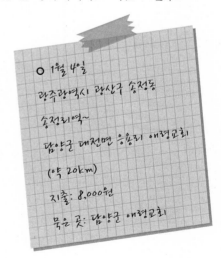

○ 1월 4일
광주광역시 광산구 송정동
송정리역 ~
담양군 대전면 응룡리 애향교회
(약 20km)
지출: 8,000원
묵은 곳: 담양군 애향교회

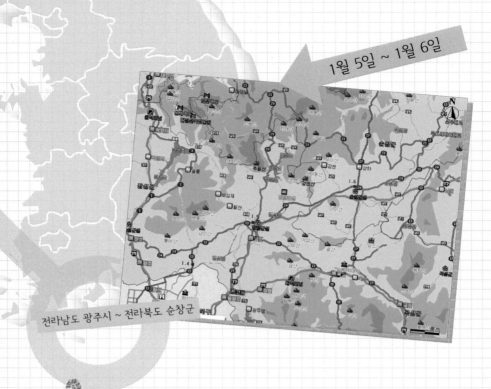

1월 5일 ~ 1월 6일

전라남도 광주시 ~ 전라북도 순창군

1월 5일 목요일 / 흐림

죽향 그윽한 담양을 돌아보다

아침식사를 대접 받고, 하룻밤의 인연을 같이한 교회를 나서자니 쉽사리 발걸음이 떨어지지 않는다.

"몸 조심하시고 여행 무사히 마치면 연락 한 번 줘요."

수은주가 영하 10도를 가리키는 오늘, 아침 공기는 새벽기운이 채 가시지 않아 매우 차다. 이 추위에도 굳이 나를 배웅하러 나오시는 목사님 식구들. 정들었던 교회 식구들과의 이별이 너무 아쉽다.

저 멀리 13번 국도를 바라본다. 다시 저 비좁고 위험한 길을 걸을 생각을 하니 갑자기 숨이 턱 막힌다. 결국 13번 국도로 가지 않고 밭고랑 위에 나 있는 눈 덮인 오솔길을 따라 걷는다.

밤사이 오솔길에 소복하게 눈이 쌓였다. 내가 가장 먼저 눈을 밟는가 싶었는데, 쌓인 눈 위에는 동네 강아지 발자국이 남아 있다. 타지 사람이 자기 마을 눈길 위에 첫발을 내딛게 하기는 싫었나 보다.

오솔길 끄트머리를 지나는데, 어떤 집 앞마당에 개가 나를 보더니 숨넘어갈 듯 짖어댄다. 목줄이 끊어지면 날 물어 버릴 기세다. 놀라고 무섭기도 했지만 내가 도둑도 아닌데 숨도 안 쉬고 짖어대니 기분이 상한다. 그 후 얼마 안 가 버스 정류장에 앉아 쉬는데 "개 삽니다. 개 삽니다. 마을에 개차가 왔습니다" 하는 확성기 소리가 들려온다. 그 개를 생각하니 괜스레 웃음이 지어진다.

대치사거리를 지나고 수북면 사슴농장을 지나자 반쯤 얼어붙은 영산강과 함께 담양군의 읍내가 나온다. 운 좋게 점심 먹을 즈음에 딱 맞춰 도착했다. 담양 읍내에는 죽통밥처럼 지방색 있는 식당부터 한식, 중식에 걸친 다양한 식당이 있다. 너무 춥고 따뜻한 국물이 당기는 탓에 그 수많은 선택권 중 칼국수집을 택한다. 유리로 된 여닫이문을 열고 식당에 들어서니 온기 때문에 안경에 김이 서린다. 식당 구조가 마루식이라 하루 종일 발을 조이는 등산화를 벗고 올라가 아픈 발을 주무르고 있자니, 주인아주머니께서 말을 거신다. 그러면서 담양 관광지 이곳저곳을 소개해 주시는데, 정말 담양엔 볼 곳이 많다. 결국 오늘의 계획을 수정하고, 담양에 하루 더 머물며 명소 몇 군데는 둘러보고 가기로 결정했다.

2006.01.05 10:13

° ° 전라남도 담양군 대전면 오솔길

담양은, '대나무골 담양'이라는 말이 있을 정도로 대나무가 유명한 고장인데, 그 명성에 맞게 세계 최초로 설립된 대나무박물관이 있다.

나무도 아닌 것이, 풀도 아닌 것이
곧기는 뉘 시기며, 속은 어이 비었는다.
저렇고 사시에 푸르니 그를 둏아하노라.

입구에는 대나무로 짜여진 커다란 액자 위에 고산 윤선도의 오우가 중 대나무를 찬미한 구절이 적혀있다. 입구를 지나 전시관에 들어서니 다양한 대나무제품들이 전시되어 있다. 대나무로 만든 전시물만 2천 점이 넘는 이유는, 요즘 사용하는 웬만한 생활용품들이 얼마 전까지만

°° 담양군 담양읍의 대나무박물관

해도 순전히 대나무로 만들어졌기 때문이다.

　대나무는 곧고 단단하지만 얇게 자르면 유연해져서 다루기가 쉬워진다. 이런 성질 때문에 예로부터 각종 가구와 그릇, 장난감, 심지어 무기를 만드는 데까지 이용해 왔다. 덕분에 수십 년 전까지만 해도 담양의 영산강 상류 담양천 둔치에서 5일마다 열리던 죽물시장은 성황을 이루어 발 디딜 틈조차 없었다고 한다.

　그러나 오늘날의 더 편리해진 제품과 달라진 소비 형태로 죽물시장은 시대 속으로 사라지고 있다. 정말 얼마 못가서 죽제품들은 이렇게 박물관에서나 볼 수 있게 될지도 모른다. 어쩌면 현대인은 점점 편리해지는 문명의 산물 앞에서 자연과 함께일 수밖에 없는 우리의 운명을 하나씩 잃어버리는 건 아닐까?

　　대나무 박물관을 나와서 몇 걸음 걷다보니 귀동냥해둔 대로 연중무
휴인 근사한 찜질방이 나타난다. 찜질방은 여관보다 훨씬 싸고 목욕 시
설이 아주 잘 갖춰져 있으며, 숙식까지 완벽하게 해결 할 수 있기 때
문에 나 같은 배낭여행객에겐 아주 이상적인 숙소이다. 그런데 하필이
면 오늘이 1년에 한 번 있는 찜질방 휴일인 것이 아닌가. 너무 허탈하
다. 기왕 이렇게 돼버린 거 그냥 순창으로 가버릴까 했으나 얼마 안 가
서 해가 질 듯하고, 아직 가보지
못한 담양의 명소들도 놓치기 싫
어서 그냥 눈을 질끈 감고 비싼
모텔에 묵는다. 아직 해도 떠 있
고 얼마 걷지도 않았지만 모텔에
들어와 뜨끈한 물에 몸을 담그니
나른함이 몰려와 결국엔 쓰러져
잠이 든다.

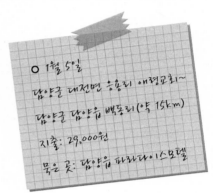

ㅇ 7월 5일
담양군 대전면 응용리 애형교회~
담양군 담양읍 백동리(약 15km)
지출: 29,000원
묵은 곳: 담양읍 파라다이스모텔

가로수 터널을 따라 전라북도에 입성

여행을 시작한 지도 열흘이 넘다 보니 익숙해져 점점 게을러지고 있다. 일찍 잠들었는데도 늦은 아침에 눈을 뜨고, 일어나서도 늑장을 부리다가 결국엔 아침 겸 점심을 먹는다. 지금 당장 출발한다고 해도 해지기 전에는 순창에 도착하기 힘들지만, 아직 담양에 구경하고 싶은 곳이 많이 남아있어서 곧장 순창을 향해 떠날 수가 없다.

읍내에서 밥을 먹고 광주 방향으로 한 시간 반가량을 걸어 내려온다. 오늘 여정이 넉넉하지 못한 상황에서 필사적으로 되돌아 내려온 이유는 바로 면앙정(俛仰亭)을 보기 위함이다. 면앙정은 가사 문학 계보에 있어서 핵심적 교량 역할을 하는 '면앙정가'의 배경이 된 정자로, 이런 곳을 그냥 지나칠 수는 없는 노릇이다. 면앙정은 제봉산이라는 자그마한 산의 한 자락에 위치해 있는데, 1533년 송순(宋純)이 관직을 그만두고 고향인 이곳에 내려와 지은 정자이다. 그는 이곳에서 이황(李滉)을 비롯한 학자들과 학문을 논했고 정철, 임제와 같은 후학들을 길러냈다고 한다.

면앙정에 오르기 위해서는 제봉산 입구에 있는 계단을 따라 올라가야 하는데, 폭설 때문에 쌓인 눈이 얼어있어 까딱하다가는 미끄러져 크게 다칠 것 같다. 그러나 한 시간 반이나 걸어온 만큼 면앙정을 꼭

°° 담양군 봉산면 제월리의 면앙정

봐야 하겠다는 일념으로 계단 옆으로 난 대나무를 휘어잡고서 조심스
럽게 오른다.

고생 끝에 도착한 면앙정은 정면 3칸 측면 2칸에 팔작지붕을 얹힌 자
그마한 정자였다. 처음에는 짚으로 지붕을 인 정자였다는데 임란 당시
파괴된 것을 후손이 중건해 지금에 이른다고 한다. 그 대단한 가사 면앙
정가가 이런 자그마한 정자에서 쓰였구나 생각하니 한편으론 놀랍다.

정자 앞에는 넓게 펼쳐진 들판 사이로 영산강이 내려다보이는데, 송
순도 지금 이 정자에서 이 강물을 보며 시상을 떠올리곤 했을 것이다.

면앙정을 관람한 후, 다시 산을 내려와서 읍으로 향하는 버스를 기
다린다. 정류소에서 이야기를 듣고 있자니 한 할머니께서는 읍내에서
한 머리가 마음에 안 들어서 광주에 가시려고 버스를 기다리신다고 하

셨다. 내 눈엔 모든 할머니들의 헤어스타일이 똑같아 보이는데 뭔가 다르긴 다른가보다.

읍에서 조금만 북으로 올라가면 천연기념물 366호인 관방제림이 있고 맞은편에는 대나무 숲 공원인 죽녹원이 조성되어 있다.

관방제림은 1648년경 담양천을 따라난 제방에 나무를 심어 조성한 숲인데, 운치가 있을 뿐만 아니라 제방을 보호하여 수해를 막고 바람을 막아주는 역할까지 한다. 맞은편에 있는 죽녹원은 천 원의 입장료를 내고 들어 갈 수 있는 공원으로 대나무가 울창하게 우거진 야트막한 동산이다. 그러나 두 곳 모두 한가로이 산책하도록 조성된 곳이어서 여정이 급한 나는 눈도장만 찍어 두고 다시 국토종단 코스로 발을 옮긴다.

13번 국도를 따라 담양군청을 지나 석당간⁴⁾이 있는 지점에 다다르자 일주일 가까이 걸었던 13번 국도와 이별한다.

사실 13번 국도가 걷기에는 좋지 않았지만, 이 길을 따라서 많은 사람들과 만날 수 있었고 전라남도의 산천 이곳저곳을 누빌 수 있었는데…… 그저 흙 위에 아스팔트가 깔린 것에 불과하지만 또 사람이 붙여 놓은 번호가 끝날 뿐, 길은 계속 이어지지만 왠지 더 이상 13번 국도를 밟을 수 없다고 생각하니 아쉬운 마음에 길의 끝자락에 잠시 머문다.

13번 국도의 끝부터는 메타세쿼이아 가로수가 종렬로 이어지는 멋진 길이 펼쳐져 있다. 이 길이 바로 드라마나 영화에서 종종 볼 수 있는

---

4) 당간(幢竿)이란 절에서 불교의식이 있을 때 내 걸던 '당'이라는 깃발의 깃대를 의미하는데, 이 석당간은 18m 높이의 돌로 되어 있으며, 고려시대 것으로 추측된다.

메타세쿼이아 가로수길이다.

　겨울이라 잎은 다 지고 고동색 줄기와 가지만 남은 나무가 터널을 이루고 있는데, 신록으로 무성히 우거진 길도 멋있다지만 시원하고 훤칠하게 뻗은 겨울나무의 모습 또한 장관이다.

　이 메타세쿼이아 터널은 1960년도에 당시 학생들까지 모두 동참해 묘목을 심어 조성한 길이라 한다. 현재 무안에 살고 계시는 담양 토박이 고 목사님은 당시 가로수길 조성에 동참 하셨을 때 중학생이셨다고 한다. 지금은 50대를 훌쩍 넘기신 목사님도 그 당시엔 자신이 심는 자그마한 묘목이 이렇게 멋지고 웅장하게 자라날 줄은 상상도 못하셨다고 한다. 그저 시키는 대로 일정한 간격에 맞춰 묘목들을 심었을 뿐인데 지금은 하늘 높이 솟은 나무들이 장관을 연출하고 있으니, 뿌듯함을 느끼신다고 하신다.

　메타세쿼이아 터널은 끝없이 이어져 순창까지 계속된다. 여행을 시

　°° 담양에서 끝이 나는 국도 13호선　　°° 담양읍 향교리의 죽녹원

° ° 담양군 24번 국도의 메타세쿼이아 가로수길

작한지 어느덧 12일째. 멋들어지는 가로수 터널에 취해있는 사이, 드디어 전라남도를 벗어나 전라북도에 입성한다.

　장수(長壽)와 장류(醬類)의 고장. 순창하면 한 치의 머뭇거림도 없이 떠오르는 것이 바로 고추장이다. 세계적으로도 식욕증진, 혈액순환 같은 효능이 인정된 고추장은 그 비법과 명맥을 이어가야할 우리의 소중한 문화유산 중 하나이다. 이를 위해 순창에서는 군(郡)의 지원 하에 고추장 민속마을이 조성되어 있다. 담양에서 24번 도로를 따라가다가 백산리 쪽으로 빠지게 되면 바로 그 마을이 나오는데, 고추장을 만드는 전통비법을 보유한 장인들이 함께 살고 있다. 집집마다 커다란 장독에 고추장이나 장아찌 등을 담아 놓은 것은 또 하나의 멋진 풍경이다.

그러나 한편으로는 마을이 너무 상업성에 젖어 있다는 느낌을 받았다. 마을에는 요란한 간판들이 즐비하고, 장인의 자부심 보다는 호객행위에 열을 올리는 모습이 우리의 멋과 전통을 앗아가는 것 같은 생각이 들어 씁쓸했다.

고추장 마을을 둘러보고 나서는 주차장 앞에 있는 커다란 한식 뷔페를 들어간다. 이 뷔페는 마을에서 만든 고추장으로 다양한 반찬을 해놓았는데 1인당 4천 원이면 마음껏 먹을 수 있다. 아침 겸 점심을 먹고 저녁때를 훌쩍 넘긴 시각에 평범한 식당도 아닌 뷔페를 만나다니 오늘 주린 배를 움켜지고 걸어온 보람이 있구나 싶다.

뷔페에는 고추장 제육볶음, 고추장 장아찌 등 대부분이 고추장으로 만든 음식들이다. '한국인의 힘 순창 고추장'이라는 광고 카피처럼 든든한 힘이 되어줄 음식들을 접시에 가득 담아 순식간에 뚝딱뚝딱 먹어치운다. 역시나 순창에서 담근 고추장과 함께 밥을 먹어서 그런지 다른 때보다 든든하고 힘이 난다.

아침부터 너무 지체한 탓에 고추장 마을을 나서자 길이 완전 암흑 속에 묻혀 버렸다. 나를 스쳐 지나는 차들은 생명에 위협을 느낄 정도로 빠르게 달린다.

눈에 잘 띄기 위해 배낭 뒤쪽엔 준비해온 삼각대를 달고 상의는 형광색 옷을 입었지만 과연 이 어둠 속에서 운전자들이 나를 인지할지, 또 인지한다 쳐도 나를 보호하며 운전을 할지 확신이 서질 않는다. 어

°°전라북도 순창군

°°순창군 순창읍 백산리 고추장마을

두운 도로를 걷는 일은 매번 이렇게 가슴 졸인다.

다행히 고추장 마을에서 읍내가 그리 멀지 않아 별 탈 없이 읍내에 도착할 수 있었다. 돈을 아끼기 위해 작고 허름한 여관을 찾아 들어갔 더니 따뜻한 물도 잘 나오지 않는다. 그래도 밤길을 오는 동안 너무 차들에 시달렸는지 너무 피곤해서 굳이 냉수 로 샤워까지 하고서 잠자리에 든다.

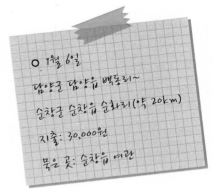

○ 1월 6일
담양군 담양읍 백동리~
순창군 순창읍 순화리(약 20km)

지출: 30,000원

묵은 곳: 순창읍 여관

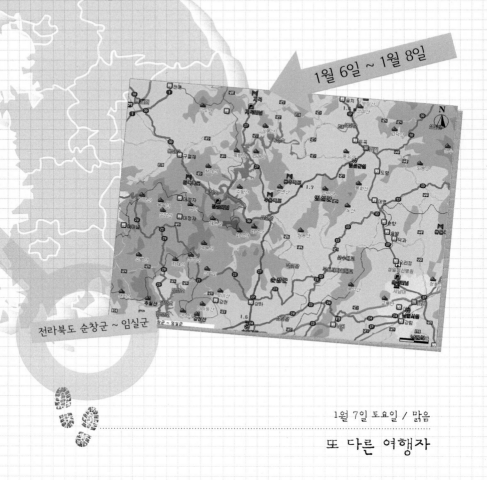

1월 6일 ~ 1월 8일

전라북도 순창군 ~ 임실군

1월 7일 토요일 / 맑음

또 다른 여행자

　지난 12월 27일 해남에서 우연히 촬영했던 방송분이 드디어 오늘 아침 TV에 방영된다. 연속 이틀 여관에 묵는 사치를 부린 것도 다 오늘 내가 나오는 TV를 보기 위해서였다. 처음으로 TV에 나오는 나는 이런 모습일까 저런 모습일까 상상해본다. 그러나 이쯤 되면 나오겠지 싶어서 긴장하고 보기를 여러 번. 이상하게 프로그램이 다 끝나도록 내 얼굴은 조금도 안 나오는 것이 아닌가. 실망감과 허탈감에 넋 놓고 있는데 광주에 아는 친구 한 명이 키득거리며 연락을 해온다.

"야, 몰골이 그게 뭐냐. 그래도 말 잘하던데?"

알고 보니 내가 출연한 TV프로그램은 전남지역 MBC에서만 나오는 것이어서 전북으로 넘어온 나는 볼 수 없었던 것이었다. 전라남도를 고작 몇 km 벗어났다고 내가 첫 출연한 TV를 못 보다니 정말 아쉽다.

아무튼 오늘은 며칠 전부터 고민해 오던 경로에 대한 결정을 내려야 하는 날이다. 지금 내가 있는 순창읍에서 임실읍으로 가면 전체적으로 질러가는 길이지만 오늘 내일 묵을 만한 마을이 없을 것이고, 남원 쪽은 묵기 좋은 곳이 많지만 그리로 가면 많이 돌아가게 된다. 고민 끝에 직선경로에 더 가까운 임실군 방면으로 가기로 정하지만 당장 오늘밤을 어떻게 보내야 할지는 걱정이다.

임실을 향하는 27번 국도는 노령산맥을 가로지르는 2차선 도로이다. 노령산맥은 잎이 다 져버린 활엽수의 고동빛과 사철나무의 진한 녹색 잎들 그리고 하얀색 눈이 한 대 어울려 아름다운 풍광을 자아내고 있다. 금상첨화라고 오늘 하늘도 어찌나 맑은지 감상에 젖어 가던 길을 잠시 멈추고 깊은 숨을 마시는데 뜬금없이 뭉클하며 외로움이 밀려온다.

그러고 보니 혼자서 길을 걸어온 지도 어언 13일. 여행 출발 당시 입시의 구속에서 벗어났다며 날아갈 것 같던 마음도 이제는 조금 시들해지고 다시 편안하고 안락한 곳에서 지내기고 싶어진다. 여행 초기 가졌던 긴장감도 느슨해져서 처음부터 마음 한구석에 뭉크러져있던 고독감이 깨어 활개를 친다. 산을 질러난 도로에는 사람 한 명 보이지 않고 평소에는 몸서리 칠 정도로 다니던 차들도 오늘따라 한 대도 보이지 않는다. 괜히 친구들에게 전화를 걸어 통화도 해 보고 이 녀석 저 녀석 문자도 보내봤지만 갑자기 찾아온 외로움이 쉽사리 가실 줄을 모른다.

시간도 점심때가 훌쩍 지났건만 마을 하나 나올 기미도 없고 계속해서 되풀이되는 풍경도 지루해진다. 하늘에는 구름 한 점 없지만 바람은 강하게 불고 기온도 차다. 황량하고 춥고 배고프고 다리도 아픈데 딱히 쉬어 갈 곳이라곤 나타나지 않는다. 결국에는 길가에 보이는 정류장에 짐을 부리고 앉아서 읍내에서 사온 빵을 꺼내어 점심 요기를 한다.

식어버린 빵 한 조각과 차가운 우유 한 팩 이지만 허기를 달래니 그나마 조금 힘이 솟는다. 잠시 숨을 돌리고 일어나 마음을 가다듬고 몇 걸음을 때자, 언덕배기에 컨테이너로 된 자그마한 휴게소가 나타난다. 조금만 더 걸어보고 쉴 걸 하는 후회와 찬바람 맞으며 식은 빵을 먹었던 억울함 때문에 방금 전까지 쉬었다가 출발했지만 휴게소 문을 열고 들어가 본다.

°° 버스가 서지 않는 순창의 폐정류장

이 조그마한 갈재휴게소는 주인아주머니가 10년 가까이 지켜 오신 여행객들의 아지트다. 나 같은 배낭 여행자들이나 자동차 여행객 대부분이 통념을 깬 이 휴게소의 모습에 호기심이 생겨 한 번쯤 들렀다 가는가 보다. 밖으로는 컨테이너 박스를 알록달록 색칠하고 입간판을 새워 두어서 시선을 끌게 해 두었으며, 내부에는 드럼통으로 만든 화덕이 있고 그 옆으로 작은 탁자가 있어 라면이나 커피 등을 판매할 수 있게 해놓았다.

화덕은 나무장작을 연료로 사용하여 제법 운치가 있는데 장작이 타며 나는 연기가 어찌나 매캐한지 눈물과 기침이 계속해서 난다는 단점이 있다. 크기는 2.5평 정도로 서너 명이 서있으면 꽉 찰만큼 좁지만 화덕에서 선뜻 군고구마를 꺼내 주실 정도로 아주머니의 인심은 넉넉하다. 그리고 이 자리를 10년 가까이 지키고 있다 보니 나와 같은 여행

° ° 순창과 임실의 경계에 있는 27번 국도의 갈재휴게소

객을 자주 봐 왔고 또 그들의 필요를 잘 아신다.

"안 그래도 한 시간 전에 국토종단 하는 사람이 들렀다 갔어요. 광주 모 고등학교 지리교사라고 하던데요."

이 추위에 국토종단을 하는 나 같은 여행객이 있다니 마치 동료를 얻은 듯이 반갑다. 그분도 나처럼 한비야 책을 참고하며 가는 중이라는데, 같은 시기에 같은 길로 가면서 왜 지금에 와서야 그 존재를 알았을까 싶다. 그분은 오늘 청웅면의 마을회관에 묵을 예정이라고 하니, 부지런히 걸어서 따라 잡아야겠다. 아주머니도 꼭 만나서 둘이 같이 먹으라며 굵직한 군고구마를 2개나 싸 주신다.

나와 같은 시기에 국토종단을 하는 그 사람은 어떤 생각을 하며 걷고 있을까. 고등학교 교사라고 하는데 어떤 스타일의 선생님일까. 여러 가지를 곰곰이 생각하는 가운데 순창을 벗어나 임실로 접어든다.

임실 읍내를 향하는 이 도로는 섬진강을 따라났는데, 넓게 휘어 도는 도로가 호흡을 차분하게 가라앉히고 넓고 고요한 풍광이 그에 한껏 취하게 만든다.

강진면을 지나면서부터는 갈담천을 따라난 30번 국도로 갈아탄다. 여태껏 걸어 온 27번 국도가 그랬듯이 여전히 아름답고 고요한 풍경의 2차선 도로가 이어진다.

하루 종일 고요한 도로로 걷다 보니 차량의 위협 따위는 잊고 걸어왔었는데 갑자기 등 뒤로 육중한 엔진 소리가 울리더니 15톤 화물 트럭이 거의 나를 칠 듯이 스쳐 지나간다. 순간적으로 가슴이 덜컥 내려앉고 등 뒤로 식은땀이 주르륵 흐른다. 나는 분명히 오는 차량을 마주 볼 수 있도록 도로 왼편으로 걷고 있었는데, 이 트럭 운전사는 중앙선

을 무시하고 달렸던 것이다. 나 같은 보행자는 더더욱 안중에도 두지
않은 채 말이다. 이렇게 기본 교통법규도 모르는 몰상식한 운전자들이
있기 때문에 아무리 한적한 도로라도 항상 긴장감을 유지해야 한다.

시침이 6을 가리키자 하늘엔 노을빛이 깔리기 시작한다. 청웅면소재
지까지 얼마 남지 않았으니 앞에 보이는 호국원[5]을 둘러보고 가기로
한다. 산새 좋은 곳에 위치한 이곳은 6·25 참전자, 월남전 참전자, 국가
유공자등의 시신을 안치해놓은 곳이다. 유동 차량도 얼마 없는 호젓한
곳에 배산 임수로 자리한 묘지여서 호국영령들께서 편히 쉬기에는 더
없이 좋은 것 같다.

호국원을 나와 30분가량을 걸었더니 드디어 청웅면소재지가 나타난
다. 먼저 갔다는 여행객이 이곳에 묵었을까 싶어서 이장님 댁을 찾아
가 보지만 계시지 않는다. 해도 저서 깜깜한데 계속해서 대문을 두드
리자니 여러 이웃에 실례가 되는 것 같아 결국에는 청웅 초등학교 앞
에 있던 교회로 가서 사정을 말해본다.

다행히 교회로 들어오다 만난 전도사님이 목사님께 잘 말씀해 주신
덕에 교회에서 하루를 묵어 갈 수 있게 되었다. 교회 본관과 교육원 건
물은 이제 막 지어져서 시설 또한 좋다. 난방도 아주 잘 되고 샤워시설
도 잘 갖추어져 있어서 여독을 풀고 쉬어 가기에 너무 좋은 공간이다.

전도사님은 현재 전주에 있는 신학대학에 재학 중이시라는데 매주
토요일에 내려오셔서 교육관에서 하루 묵고 주일을 준비하신다고 한
다. 때맞춰 내가 온 덕에 전도사님이랑 같이 잘 수 있게 된 것이다. 그

---

5) 2006년 1월 30일 부로 국립묘지로 승격되었다.

°° 임실군 강진면에 있는 2층짜리 마을가게

러면서 전도사님과 함께 여행에 대해 이야기를 나눈다.

"저도 몇 년 전에 성지 순례를 다녀왔어요. 동역자와 둘이서 달랑 배낭 하나씩 메고 다니면서 가치 있는 경험들을 많이 했지요. 하지만 이제는 그만큼의 시간을 낼 여유가 없답니다. 지금 이런 여행을 해두는 것은 대단히 보람차고 의미 있는 일 인거에요."

나에게는 형뻘이 되는 전도사님도 여행을 자주 하셔서 이야기가 아주 잘 통한다. 갈재휴게소 아주머니께서 주신 군고구마를 까먹으면서 도란도란 이야기를 나누다 보니 어느새 밤이 깊어 내일 있을 예배를 위해 잠자리에 든다.

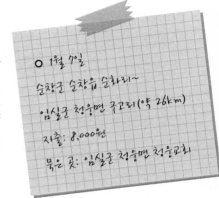

○ 1월 7일
순창군 순창읍 순화리~
임실군 청웅면 구고리(약 26km)
지출: 8,000원
묵은 곳: 임실군 청웅면 청웅교회

좋은 분들 덕에

새벽예배 소리에 잠을 깨어 보니 새벽 5시다. 뒤척뒤척 거리다가 어떻게 다시 풋잠을 들었는가 싶었는데 어느새 아침이 밝았는지 전도사님이 깨우신다. 결국 찌뿌드드한 몸으로 예배를 준비한다.

12명가량의 학생들과 중고등부 예배를 드리고 나자 교회는 대 예배 준비로 정신이 없어진다. 전도사님, 목사님과 사진 한 장 찍어 가려 했는데 모두 예배 준비로 경황이 없으시다. 너무 바쁜 탓에 목례만 드리고 어쩔 수 없이 교회를 나선다.

교회에서 읍내까지는 3시간 남짓한 거리. 부지런히 걸었더니 아침을 먹은 배가 꺼지기도 전에 임실읍내에 도착했다. 임실(任實)이라는 지명은 예로부터 열매가 잘 자라 붙여진 것인데, 삼국시대에 붙인 명칭을 오늘날까지도 사용하고 있다.

임실은 사선대나 옥정호 등이 있어 관광지로도 각광받고 있지만 낙농업으로도 유명한 고장이다. 벨기에 출신의 지정환 신부가 우리나라 최초로 치즈산업을 시작한 곳이기 때문이다. 임실 치즈는 다른 치즈보다 빛깔도 뽀얗고 맛도 아주 고소해서 국내 피자 업체 중에는 임실 치즈만 사용하는 곳도 많이 있다.

임실 치즈 농협을 지나서 임실역에 도착하니 어느새 점심때가 훌쩍

° ° 전라선 임실역

지났다. 밥을 먹고 가자 싶어 임실역 앞에 있는 빵빵 중화요리로 들어
간다. 무거운 배낭을 내려놓고 짜장면 한 그릇을 시키려 하는데 어깨
가 떡 벌어진 주인아저씨께서 내 행색을 보시고 말을 걸어오신다.

"아, 지금 어디 여행 중인가 보죠?"

"해남에서 통일전망대까지 걸어가는 중이에요. 오늘로 여행 14일째
지요."

"와, 나는 돈 주고 시켜도 안 할 텐데, 어디서 협찬 받아서 가는 건
가요?"

"아니요, 그냥 제 자비를 털어서 가는 거에요."

"하하, 그럼 식사는 제가 협찬해 드리죠. 힘내서 걸어야 하는데 짜장
면 가지고 되겠습니까."

그리고는 주방으로 들어가 커다란 그릇에 둘이 먹어도 남을 정도로 육개장을 담아 오신다. 거기다가 육개장은 어찌나 얼큰하던지 땀이 삘삘 다 빠지고 속이 다 얼얼하다. 음식도 주인아저씨 성격처럼 화끈하다.

"어휴, 아저씨 죄송해요, 너무 많이 주셔서 다 못 먹겠네요. 덕분에 배불리 잘 먹고 갑니다."

"남은 여행 잘 하시고요. 이곳 빵빵 중화요리가 협찬해준 사실 잘 적어두세요. 하하."

이렇게 고마운 인연을 만나는 것이 바로 여행하는 기쁨이자 영원히 남을 추억인 것 같다.

식당을 나와서부터는 전주로 향하는 4차선 17번 국도로 걷는다. 통행량도 많고 갓길도 얼마 없어 사선문까지 가는데 아찔한 순간을 몇 번 넘겼다. 사선문에 도착하자 옆으로 섬진강을 끼고 있는 아름다운 유원지 사선대가 나온다. 사선대(四仙臺)는 4명의 선녀가 하늘에서 이곳을 보았는데 경치가 너무 아름다워서 내려와 멱을 감고 다시 하늘로 올라갔다는 전설이 전해져 내려오는 관광지이다. 현지인의 말로는 전주가 섬진강 상류를 끌어다가 쓰고부터는 물이 많이 줄어 버리는 바람에 경치가 예전보다 못하다고 하는데 내가 봤을 때는 여전히 국민관광지로 소개하기에 전혀 손색이 없어 보인다.

사선대를 구경하다보니 어느새 해가 져서 어둑어둑하다. 그저께는 어제 오늘 묵을 만한 곳이 없을까 봐 걱정했는데, 다행히 관촌면소재지에 산수장이라는 여관이 있었다. 그러나 방을 얻으려 하다 보니 주머니에 잔돈이 만 4천 원밖에 없는 것 아닌가. 조금은 억지스럽지만 아저씨께 깎아 달라고 사정해본다.

"아저씨, 죄송한데요, 제가 만 4천 원밖에 없어서 그러는데요 방 하나 만 4천 원에 주시면 안 될까요?"

"어휴, 아무리 깎아도 그렇지 그렇게까지 깎으면 어떻게 합니까. 학생 같은데 무슨 일로 엄동설한에 돈도 없이 혼자 다녀요?"

"지금 수능을 마치고 나서 평소에 계획해오던 국토종단을 하는 중이에요."

"이야, 대단하네요. 나도 학생만한 자식을 둔 부모인데 학생한테 만 4천 원 받아서 뭐하겠습니까. 부모님 걱정 끼쳐드리지 말고 오늘은 그냥 여기서 푹 쉬고 가세요."

오늘은 유난히 운수가 좋구나. 숙식을 모두 돈 안 들이고 해결 하다니. 이번에 임실에서 여러 사람들의 덕을 본다. 전라북도 임실군. 마음 좋고 인정 있는 사람들의 고장. 어제, 오늘 임실에서 입은 은혜는 오래도록 잊지 못할 것이다.

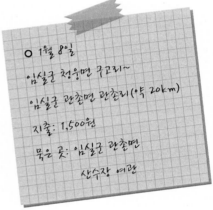

○ 1월 8일
임실군 청웅면 구고리~
임실군 관촌면 관촌리(약 20km)
지출: 1,500원
묵은 곳: 임실군 관촌면
산수장 여관

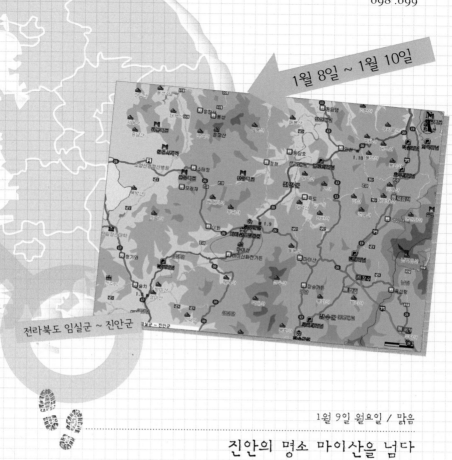

1월 8일 ~ 1월 10일

전라북도 임실군 ~ 진안군

1월 9일 월요일 / 맑음

진안의 명소 마이산을 넘다

이곳처럼 여관과 목욕탕 영업을 병행하는 곳은 예외 없이 난방이 훌륭하고 온수도 뜨끈뜨끈하다. 이런 곳에서 공짜 잠을 잔 것만 해도 분에 넘치는데 주인아저씨께서는 아침밥까지 내어주시고 목욕탕까지 이용하게 해 주신다. 덕분에 오랜만에 대중탕에서 몸을 씻는다.

목욕을 하고 체중을 제어 보니 5kg이나 빠졌다. 매일 무거운 배낭을 둘러맨 채 수시간씩 걸어 다니려니 열량 소모가 많은 것이다. 뭐 남들은 바쁜 시간 쪼개고 돈 들여가며 하는 다이어트를 여행하면서 병행하고 있으니 좋은 것 아니겠는가.

아침부터 뜨끈한 물에 몸을 푹 담그고 나니 여독이 싹 풀린다. 고마우신 주인아저씨께 이 은혜 정말 잊지 않겠다고 인사를 드린 후 아쉬운 이별을 한다.

여관을 나와 걷는 이 길은 진안을 향해 뻗은 745번 지방도로다. 섬진강의 맑은 경치를 감상하며 걸을 수 있어 좋지만 관촌을 떠난 이후 몇 시간이 넘도록 마을 하나 나오지 않는다는 점은 유감이다.

오후 3시가 넘어가자 허기도 지고 의욕도 사라져 터덜터덜 걷는데 식당은커녕 변변한 마을조차 하나 나오지를 않는다. 그런 상태로 진안군 마령면의 강정리를 지나는데 마을이름 이정표를 보자 매년 설에 먹는 달콤한 강정이 떠올라 군침이 고인다.

설에 고향에 가면 큰어머니께서 바삭바삭하고 달콤하면서도 고소한 강정을 내어 주시고는 했는데 그 맛은 결코 기성 스낵들에게서 느낄 수 없는 것이었다. 내가 얼마나 강정을 좋아하는지 아시는 큰어머니께서는 나를 주시려고 제사 전에 미리 한보따리씩 강정을 싸 두시고는 하셨다. 올해는 설 이전에 여행을 끝내지 못할 것 같아 섭섭하다.

다행이 강정리에서 얼마 멀지 않은 곳에 마령면의 소재지가 나타난다. 마을이 그렇게 큰 편은 아니지만 허기를 때울 수 있는 식당은 여러 개가 있다. 어쩌나 허기가 졌던지 가장 먼저 눈에 들어온 식당에 들어가서 음식을 주문하고 음식이 나오기 무섭게 허겁지겁 먹어치운다. 그런 내 모습을 식당 주인아저씨께서 가만히 지켜보시더니 "설 찮이 배고 팠나벼"라며 한마디 하신다.

배부르게 먹고 나니 발걸음이 한결 가볍다. 이 여세를 몰아 해가 지기 전에 마이산을 넘어 진안읍내까지 가 볼 예정이다. 마령면에서 인삼밭을 옆에 끼고 40분가량을 걷자 드디어 저 멀리 쫑긋 선 말의 귀를 닮은 마이산(馬耳山)이 나타난다.

마이산은 중생대 당시 호수였던 지역에 역암층이 융기하며 생겨난 돌산인데 일반 산과는 다른 여러 가지 재미있는 특징을 가지고 있다. 그중 하나는 타포니(taffoni)[6] 지형인데 산을 이루고 있는 암석 곳곳이 벌집처럼 구멍이 숭숭 뚫려 있는 것을 볼 수 있다. 또 암마이봉의 남쪽에는 높게 쌓여져 있는 80여 기 가량의 돌탑을 볼 수 있는데 위태로워 보이지만 폭풍이 와도 흔들리기만 할뿐 쓰러지지는 않는다고 한다.

마이산은 해발 680m로 그리 높은 산은 아니지만 8kg에 달하는 배낭을 메고 450개가량의 층계를 밟아 넘으려니 힘이 부친다. 보통 평지는 천천히 걸어도 1시간에 4km가량을 걷지만 산길은 열심히 걸어도 한 시간에 1km 걷기도 힘들다. 이 사실을 간과한 바람에 해 저물어 가는 지금, 경치 감상은 고사하고 허겁지겁 산을 오르기에도 바빠져 버렸다.

정상에 다다르자 어스름이 깔려 버려 결국 여유롭게 마이산을 감상하려던 계획은 수포로 돌아가고, 어두운 산길을 혼자서 처량하게 내려온다. 다행히 가로등이 설치되어 있는 덕에 늦은 밤 혼자 걷는 산길인데도 무섭지는 않았지만 시간에 쫓겨 멋진 경치를 감상하지 못한 점이 계속해서 마음 한 쪽에 아쉬움으로 남는다.

---

6) 오랜 세월 풍화작용을 받은 결과, 암석 표면에 생기는 요(凹)자형 구덩이

°°진안군의 마이산

　진안군은 마이산을 찾아오는 여행객들이 많다 보니 산에서부터 읍내로 가는 길은 잘 갖춰져 있다. 인도도 조성되어 있고 가로등도 있으며 군 치고는 묵어 갈 수 있는 모텔이나 민박집도 많이 볼 수 있다. 읍내까지 들어와 깔끔한 여관을 구해 하룻밤을 묵는다. 오늘은 무리해서 마이산을 넘어서인지 유난히 피곤하다. 덕분에 금방 잠에 빠져든다.

○ 1월 9일
임실군 관촌면 관촌리~
진안군 진안읍 군상리(약 24km)
지출: 25,000원
묵은 곳: 진안장

드디어 앞서가던 여행객을 만나다

어제 산을 넘느라 너무 피곤했던 나머지 해가 중천에 뜨고 나서야 터벅터벅 숙소를 나온다.

여관 앞에는 표고버섯과 인삼을 파는 상점들이 많이 있다. 사실 인삼 하면 진안과 접해있는 금산이 전국에서 가장 유명한데 현지인의 말을 빌리자면 요즘은 진안 인삼이 더 값을 쳐 준다고 한다.

진안은 가로등을 인삼으로 디자인 해놓는 등 여러 방법으로 인삼을 홍보하고 있다. 그중에도 한 번 보면 잊을 수 없는 홍보물은 바로 커다란 인삼을 들고 해맑게 웃으시는 진안의 토박이 고(故) 이형우 할아버지의 사진이다.

할아버지께서 어찌나 천진난만하게 웃으시는지 보고만 있어도 입가엔 저절로 잔잔한 미소가 지어진다. 그리고 할아버지 뒤로는 마이산의 윤곽을 넣어두어 저 인삼이 바로 진안 것임을 알 수 있게 해놓았다.

읍내를 벗어나서는 30번

도로를 따라 무주로 걷는다. 한산한 길로 접어들어 한참을 걷고 있을 때, 차 한 대가 경적을 울리더니 내 옆에 멈춰 선다. 친절하게도 나를 태워 주시겠다고 하신다. 사실 여행을 시작했을 때, 많은 분이 태워 주신다면 어떻게 거절할까 걱정했었는데, 여행한 지 16일 만에야 한 분이 나타난 것이다. 정중히 거절하고 나니 신념을 지켰다는 것이 자랑스럽고 뿌듯하다.

눈앞에 350m 길이의 수동터널이 나타난다. 터널은 항시 매연과 먼지로 꽉 차 있고 지나가는 차량의 소음이 울리기 때문에 귀가 아프다. 그렇기 때문에 목도리로 코와 입을 막고 두 손으론 귀를 막은 채 통과해야 한다. 거기다가 터널에서 차들은 도로에서보다 더 가까이 지나가고 위협적이어서 터널을 지나면 현기증이 난다.

그런데 수동터널을 지나다가 누군가 벽에 까맣게 앉은 먼지를 지우면서 쓴 글을 발견한다. 누구누구가 국토종단을 한다는 내용이었는데 어제 날짜가 적혀있는 것을 보니 지난번 갈재휴게소에서 내 바로 앞에 갔다던 여행객이 분명하다. 이렇게 먼지를 지워 글을 쓰며 지나가다니 분명 재미있는 분일 것 같다.

수동터널을 지나자 거대한 용담호가 나타난다. 용담호는 전주, 익산, 군산 지역에 식수를 공급하기 위해 금강의 지류를 막는 댐을 건설하면서 생긴 호수이다. 같은 금강을 식수원으로 하는 충청지방과의 마찰, 그리고 삶의 터전이 수몰되어 이주해야하는 주민들과의 마찰 등 많은 난황을 겪은 끝에 세워진 것이다. 생태계 파괴, 지역분쟁 조장 등 좋지 않은 면이 많이 부각되어 왔지만, 그런 것은 모두 포용할 수 있다는 듯이 용담호의 풍광은 위엄 있고 엄숙하다.

°° 월포대교에서 바라본 용담호의 풍경

　용담호의 거대함과 위엄에 맞게 그 위로는 1km가 족히 넘는 월포대교가 놓여있다. 긴 다리 끝에는 망향의 광장을 조성해 두어서 용담호에 고향이 수몰되어 버린 이주민들의 한을 달래주고 있다.

　그렇게 다리를 2개나 건넌 후 얼마 지나지 않아 또다시 터널이 나타난다. 이번엔 길이가 440m에 달하는 불로치 터널. 입과 코와 귀를 모두 틀어막고 터널을 건너는데 또 먼지를 지우고 'XX 고등학교 교사 XXX, 국토종단하다'라고 써 놓은 글을 발견한다. 글 밑에는 오늘 날짜가 쓰여 있다. 이렇게 뒤를 쫓아가는 나의 존재도 모른 채 열심히 자신의 길을 걸어가고 있을 여행자를 생각하니 흥미롭다.

　안천면소재지에서 점심을 먹으며 곰곰이 생각해 보니 터널에 쓰여 있던 학교를 통해 알아본다면 앞서가는 여행자의 연락처를 알 수 있을 것 같다. 이렇게 전화번호를 알아내 전화하면 불쾌 해 하실 것도 같아 조금 꺼림직 하지만, 이렇게 특별한 여행을 같은 시기에 같은 길을 따라 하고 있는 사람이 있다는데 어찌 관심을 가지지 않을 수 있는가. 결국 해당 학교에 전화를 걸어 선생님이신 여행자의 연락처를 알아내 연락을 한다.

"여보세요."

"아, 안녕하세요. 실례지만 방금 불로치 터널을 지나다 써진 글을 보고 전화번호를 알아내 이렇게 전화드리는 겁니다. 저도 지금 선생님과 같은 코스로 국토종단을 하고 있는 여행객입니다."

"아, 그러세요. 반갑습니다. 지금 어디쯤 오고 있으십니까?"

"방금 진안군 안천면을 지나서 막 무주로 들어오는 길이에요. 선생님은 어디까지 가셨어요?"

"저는 지금 무주읍에 들어와 숙소에서 쉬는 중이랍니다. 잠시 후면 해도 질 텐데 빨리 숙소를 정하세요. 저는 며칠 후 고향에 잠시 들릴 예정인데 그 뒤로는 만나서 남은 길을 같이 갈 수 있겠군요."

"그러시군요. 제가 부지런히 걸어서 따라 잡을게요."

순창을 지날 때만 해도 1시간밖에 거리 차가 나지 않았는데 지금 보니 나보다 벌써 반나절 거리는 더 가셨다. 여하튼 지금은 선생님 말대로 당장 묵을 곳을 정하고 선생님이 쉬는 동안 빨리 따라잡아서 남은 길을 같이 가야겠다.

전화를 끊고 주변을 둘러보는데 마침 저 멀리 십자가가 보여서 잠을 청해보자 생각하고 부남면 장안리의 교동마을로 들어간다. 그러나 교회, 마을회관 모두 외지인인 내게 쉽사리 잠자리를 내주려 하지 않는다. 이 마을에서 묵지 못하면 마땅한 대안이 없는 상태인 나는 물어물어 이장님을 찾아간다. 그러나 이장님께 사정을 해 봐도 내가 묵어 갈 곳을 마련해주실 수는 없는 입장이신가 보다.

버스까지 끊겨버린 늦은 시간. 결국에는 가로등 밑에서 지나가는 차량을 향해 엄지손가락을 올려 보인다. 이번 여행에서 처음으로 시도하는 히치하이킹. 이마저도 안 되면 어쩌나 걱정하며 처량히 서 있는데, 다행히 트럭 한 대가 나를 태워주시겠다고 멈춰 선다. 그러나 남은 좌석이 없어서 조수석에 앉아 계신 할아버지 무릎에 앉은 채로 20분을 달려 무주읍에 들어선다. 오는 내내 죄송했다.

고마운 분들을 만난 덕에 쉽사리 무주읍에 도착하고 거기다 덤으로 3일 전부터 그토록 만나보고 싶던 여행자까지 만나게 되었다. 이분은 광주의 한 여고에서 교편을 잡고 계신 지리 선생님. 같이 저녁식사를 하면서 지나온 지역에 관한 이야기, 지금까지 일어났던 일화에 관한 이야기도 나누고 그 지역에 관한 지리적 전문지식까지 습득할 수 있어서 너무 좋았다. 저녁도 거하게 얻어먹고 숙소도 선생님이 묵는 곳에 얻어 자며 늦은 밤까지 많은 이야기를 나눈다. 이런 식으로 나와 같은 길을 가는 여행자를 만나게 되다니 참 인연이란 건 신기하다.

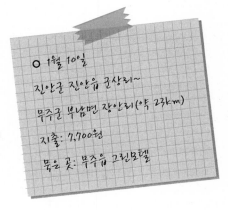

○ 1월 10일
진안군 진안읍 군상리~
무주군 부남면 장안리(약 23km)
지출: 7,700원
묵은 곳: 무주읍 그린모텔

1월 10일 ~ 1월 12일

전라북도 무주군 ~
충청북도 영동군

1월 11일 수요일 / 맑음

일진이 좋은 하루

아직 동이 트지 않은 한겨울의 새벽녘. 자그마한 모텔방에 알람소리
가 울려 퍼진다. 두 여행객 모두 아직은 잠이 덜 깬 부스스한 눈을 비
비면서도 익숙한 손놀림으로 짐을 싸며 출발 준비를 한다.

나와 선생님이 이렇게 서두르는 이유는 아침 버스를 타고 어제 멈췄
던 지점까지 돌아가기 위해서다. 남은 기간 계속해서 선생님과 동행해
볼까도 했으나 각자 일정과 특색에 맞는 여행이 있으니 하룻밤을 보낸

것에 족하기로 했다.

어제 이야기를 하다가 안 사실인데 선생님은 나보다 5일이나 늦은 1월 1일에 해남에서 출발하셨다고 한다. 그런데도 어제는 영동까지 가서서 발도장을 찍어두고 다시 돌아오셨다고 한다. 나보다 한참은 더 빠른 속도로 걷고 계신 것이다.

안개가 고요하게 내려앉아 시야를 가리고 찬 기운 때문에 숨을 쉴 때 마다 입김이 난다. 헤어지기 아쉽지만 어차피 각자가 가야할 길. 터미널에서 각자의 사진기에 한 장씩의 사진을 남긴 채 선생님은 영동행, 나는 진안행 버스를 탄다.

'살기 좋은 무진장'이라는 표어로 장식된 무주군의 버스. 무진장이란 지형, 기후, 생활 풍토 및 문화 요소가 비슷한 고장 무주, 진안, 장수군

° ° 무주 시외버스터미널에서 선생님과

의 각 고장의 앞 글자를 딴 것인데 엄청나게 많아 다함이 없다는 뜻의
'무진장'과 동음이다.

버스 기사아저씨께서 나를 알아보신다. 일인즉슨 어제 버스를 운전
하며 가다가 월포대교를 건너고 있는 나를 보셨다는 것이다.

"해남을 출발해 강원도 고성까지 국토종단을 하는 중입니다. 저기
영동행 버스를 타신 분도 저와 같은 길로 가고 계신 중이에요. 어제 우
연한 계기를 통해 여기서 서로 만났다가 각자 어제 자신들이 걸었던
곳까지 버스를 타고 가려는 겁니다."

기사아저씨께서 내 이야기를 들으시더니 참 기특하고 대견하다며 아
침 식사를 대접해 주신다. 아침을 굶을 것 같아 걱정하고 있던 차였는
데 감사하다.

버스는 산길을 돌고 돌아 1시간가량이 지나서야 부남면 장안리 교동
마을에 도착했다. 버스에서 내려 어제 밤에 차로 왔던 그 길을 따라 다
시 걷는다.

인삼밭을 따라 난 30번 국도는 차량들이 많이 다닌다. 덕유산 국립
공원에 있는 무주 리조트로 가는 차량과 현재 건설 중인 레져형 기업
도시, 또 아직 공사 중에 있는 무주-학산 간 우회로 공사차량들이 다들
이 길을 지나기 때문이다. 거기다가 터널은 또 왜 이리도 많은지, 어제
만 해도 터널을 2개나 지났는데 지금은 또 다시 430m에 달하는 조금
재 터널을 지난다. 터널을 지나서 적상면소재지까지 들어오고 나서야
겨우 주변 통행량이 줄어든다.

차를 피해 걷느라 피곤해진 몸도 좀 쉬고 추위도 피할 겸해서 눈앞
에 보이는 면사무소에 들어간다. 리모델링을 마친 지 얼마 되지 않은

°° 인삼밭이 많은 무주의 30번 국도변

면사무소는 건물 인테리어가 아주 깔끔한데다가 체육, 의료, 여가 등
을 위한 시설 또한 아주 잘 갖추어져 있다. 그중 가장 반가운 것은 개
방된 컴퓨터실. 여행 내내 컴퓨터를 사용하지 못해 불편한 것이 한둘
이 아니었는데, 오래간만에 컴퓨터를 할 수 있으니 정말로 신이 난다.

"무주는 다른 지역에 비해 주민 복지시설이 참 잘 되어 있는 것 같네
요."

면사무소 앞 식당에서 점심을 먹으며 면사무소 직원 누나와 이야기
를 나눈다. 무주는 95년 민선자치가 행해진 이후부터 '열린 문정'이라
는 기치를 내걸고 사회복지 및 문화시설의 확충 같이 주민 복지를 우
선시하는 정책을 펼쳐 왔다고 한다. 실제로 무주에는 다른 군 단위 지

° ° 전라북도 무주읍의 반딧불 장터

역에선 보기 힘든 복지 시설인 자전거 도로나 예체 문화관, 종합 복지
관 등이 잘 갖추어져 있다.

누나와 무주에 관한 이야기를 나누며 밥을 먹다 보니 금세 면사무소
직원의 점심시간이 다 지나 버렸다. 누나는 극구 내 밥값까지 계산해
주신다. 오늘은 아침부터 일진이 좋다 싶었는데 좋은 분들을 많이 만
난다.

적상면에서 또 다시 싸리재 터널을 지나고 금강의 지류인 무주 남대
천을 건너자 어제 묵었던 무주읍에 도착한다. 점심을 먹은 지 얼마 지
나지 않은 시간이라 숙소를 정하기엔 조금 이른 감이 있지만, 지도를
보니 여기서 더 걷게 되면 해가 지기 전에 묵어갈 수 있는 곳은 없을

것 같다. 결국 어제 묵었던 숙소에 다시 묵기로 하고 무주 읍내를 구경한다.

읍내에는 깔끔하게 닦인 도로에 무주를 상징하는 반딧불 모양의 가로등이 줄지어 있고, 그 도로의 서쪽 끝에는 5일마다 장이 서는 반딧불 장터가 있다. 가는 날이 장날이라고 때마침 오늘이 무주읍의 장날이라 구경거리들이 아주 많다. 좌판을 내어 건 채 돗자리에 앉아 장사하시는 정겨운 상인들의 모습부터 산 것에 덤을 더 얹어주는 후한 인심이나 옥신각신하며 가격을 흥정하는 모습 등 재래시장에서만 볼 수 있는 고유의 특색들이 색다른 즐거움을 선사한다. 진안의 강정리를 지날 때부터 유달리 먹고 싶던 설 강정과 저녁을 대신해 먹을 찐빵까지 저렴하게 구입하고 장터를 나선다. 오래간만에 침대에 누운 채 강정을 먹으며 TV를 보자니 구름 위에 오른 것 같은 기분이다. 오늘은 다른 날에 비해 유달리 일진이 좋았던 하루였다.

○ 1월 11일
무주군 부남면 장안리~
무주군 무주읍 읍내리(약 20km)
지출: 30800원
묵은 곳: 무주읍 그린 모텔

#02

충청북도,
경상북도

1월 12일 ~ 1월 24일

영동역에 발도장을 찍고 구미로

초·중·고등학교를 모두 서울에서 졸업하고 대학까지 서울에서 다니고 있지만, 사실 내 고향은 경상북도 구미다. 몇 년 살았다고 고향이라고 할 수 있나 싶겠지만, 20년도 채 되지 않은 내 생애 중에 절반을 지냈고 그곳에 있으면 마음이 편안하며, 명절에 할아버지, 할머니를 뵈러 가면 신이 나는, 구미는 분명 나의 고향이다. 오늘의 목적지인 충청북도 영동과 구미와의 거리는 지척이다. 매번 설마다 가는 고향을 올해는 갈 수 없을 것 같아 오늘 영동에 도착하면 기차를 타고 잠시 구미에 다녀올 예정이다.

무주를 벗어나는 19번 도로변으로 며칠째 보이던 인삼밭이 사라지고 포도밭이 나타난다. 전국 포도의 8.5% 생산량을 자랑하는 영동군에 가까워져 온 것이다. 아니나 다를까 얼마 걷지 않아 학산재를 넘어서니 충북 영동으로 들어선다. 드디어 18일간 머물렀던 전라도 땅을 벗어난 것이다. 도 단위를 벗어났다니 뭔가 대단한 일을 성취해 낸 것 같아 뿌듯하고 기쁘다.

겨울이지만 포도나무에는 따지 않은 포도들이 많이 달려 있다. 마치 감나무에 빨갛게 남아있는 까치밥처럼 겨울에 먹이를 찾지 못하는 산새나 짐승들이 한 끼의 먹이라도 해결하라고 남겨둔 인정이 아닐까.

° ° 학산재를 경계로 충청도로 들어오다

 압치마을에 들어서는데 저기 멀리 포도밭 앞에 있는 마을 회관에서 새참을 먹고 있는 주민들이 보인다. 마침 점심도 안 먹었는데 옆에 껴서 밥 한 그릇 얻어먹을까 싶어서 슬그머니 다가가니 아니나 다를까 아주머니 한 분이 이리로 와서 밥 한술 뜨고 가라며 나를 부르신다. 마음 좋고 인정 있어 넉넉한 사람들에게 공짜 밥 얻어먹으려고 잠시나마 머리를 쓴 것이 순간 부끄러워진다.

 영동은 포도만이 유명한 것이 아니라 사과도 전국에서 둘째가라면 서러울 정도로 유명한 곳이다. 포도 재배 철은 일찌감치 지났고 요즘은 겨울사과를 손질해 파는 시기라서 마을회관 창고는 사과상자로 가득하다. 그중 빈 사과궤짝을 몇 개 뒤집어 놓으니 근사한 식탁이 된다. 시원한 동태찌개에 소주 한 잔 곁들여 마시고 입가심으로 따뜻한 누룽지 국물 한 사발 마시고 나니 신선이 된 기분이다. 밥을 얻어먹은 것만으로도 감사한데 주민들이 가다가 먹으라며 잘 익어 빨갛고 알이 굵은 사과 2알을 손에 쥐어 주신다. 감사한 마음으로 손수건에 곱게 싸 주머니에 넣고 일어나서는 다시금 영동을 향해 발걸음을 재촉한다.

학산면을 벗어날 때쯤 되니 바리케이드로 차량 통행을 막아놓은 길이 펼쳐진다. 막혀 있는 길은 올해 말 완공 예정인 학산-영동 간 19번 도로로 지금 내 오른쪽으로 갈라져 나간 기존 도로보다 영동까지 훨씬 더 빨리 갈 수 있는 준 자동차 전용도로이다. 마침 도로 옆을 지나가는 주민이 있기에 이 길이 현재 어디까지 공사가 됐는가 여쭤보니 웬걸 영동읍까지 뚫려 있어서 차는 못 가지만 걸어갈 수는 있단다. 이것이 웬 횡재인가. 이 길을 따라가면 완전히 편안하게 영동까지 갈 수 있겠다.

정말 걷기에는 최상의 조건을 갖춘 도로이다. 우선 차량의 위험에 노출되어 있지 않고, 직선으로 뻥 뚫려 있어서 시원시원한 것이 발걸음을 내딛기에도 좋으며 아무도 없기 때문에 목청껏 노래 부르며 갈 수 있으니 그것 또한 더 없이 좋다. 도로를 전세 낸 기분이다.

기분 좋게 한참을 걷고 있는데 갑자기 웬 차량 한 대가 중앙 분리대 너머 반대편 차선으로 지나간다. 아무리 봐도 공사차량은 아닌데 도대체 어떻게 이 도로로 들어왔는지 또 어떻게 바리케이드가 쳐진 이 도로를 빠져나갈 생각인지 모르겠다. 아마 잠시 후면 신나게 달려온 도로를 그대로 다시 돌아가야 할 것이다.

아니나 다를까 10분가량 지나자 그 차량이 다시금 그 차선으로 돌아온다. 그러기에 어쩌자고 막혀있는 도로를 들어와서는 헛수고를 하시

° ° 영동군 학산면 압치마을 주민과의 식사

° ° 영동 학산간 19번 도로

는지. 운전자 얼굴은 보지 못했지만 분명 화가 몹시 났을 것이다.

5시간가량 걸었더니 도로가 영동읍에서 끝나 있다. 영동읍은 앞서 봐왔던 읍에 비하면 제법 규모가 크고, 늦은 밤인데도 유동인구가 많아서 도로 주변 상가들이 불야성을 이루고 있다. 형형색색의 간판들과 불빛들이 영동거리를 좀 더 거닐고 싶게 유혹 하고 있지만 아쉽게도 구미 가는 열차 시간이 얼마 남지 않아서 충동을 뿌리친 채 부지런히 걸어서 영동역에 다다른다. 이제 영동에서 김천만 지나면 바로 나의 고향 구미에 도달한다. 설에 못 뵐 할머니 할아버지와 친척들 에게 인사도 드리고 손빨래하기 힘든 겉옷들은 세탁기에 돌리고 2일가량 푹 쉬면서 쌓일 대로 쌓인 여독도 좀 풀자.

7시 영동발 구미행 무궁화호 열차를 타고선 잠시 계획된 진로를 벗어나 내 고향 구미로 향한다.

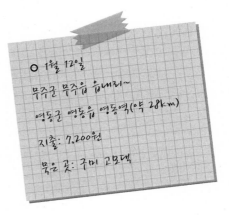

o 1월 12일
무주군 무주읍 읍내리~
영동군 영동읍 영동역(약 28km)
지출: 7,200원
묵은 곳: 구미 고모댁

1월 15일 ~ 1월 16일

충청북도 영동군 ~
경상북도 상주시

1월 15일 일요일 / 흐림

경상북도에 발을 내딛다

아침 일찍 출발하기 위해 새벽부터 온 집안을 떠들썩하게 한다. 겨울
에 비를 맞으며 걸으려면 곤욕을 많이 치를 텐데 마침 휴식을 취한 어
제와 그제에 많은 비가 내렸다. 조만간 다시 비가 올 일은 없어 보인다.

또 어제는 국토종단을 하는 데 투자가치가 있어 보이길래 찜질방에
서 거금을 들여 발마사지까지 받았고. 고모, 삼촌댁에서는 여행 중에
먹기 힘든 영양식까지 챙겨주셔서 몸보신까지 했다. 거기다가 옷가지

들은 세탁기에 빨아서 뽀송뽀송하고 향기까지 난다. 완전히 2일가량을 제대로 재충전, 재정비한 것이다.

어제 뵌 할머니께서는 수심이 가득하신 얼굴로 이 여행을 그만두고 서울로 가라며 나를 설득하셨다. 할머니의 마음이야 모르는 건 아니지만 반쯤 완성한 여행을 여기서 그만둘 수는 없는 노릇이다. 나는 마음이 짠하지만 할머니께 다시 인사를 드리고 구미발 영동행 8시 기차에 올라탄다.

역시나 나를 걱정해주고 챙겨주는 친척들을 뵙고 나니 마음도 편안해지고 더욱 여행에 힘이 실린다.

영동행 무궁화호 열차의 내 뒷좌석엔 나와 같이 구미역에서 기차를 탔던 대여섯 살짜리 아이와 아이 아빠가 앉아서 대화를 나눈다. 객실이 조용하다보니 둘의 이야기 소리가 객실 전체에 들린다.

"아빠는 치사해. 크리스마스 선물도 안주고 어린이날 선물도 안주고."

"크리스마스 선물을 왜 아빠한테 달라고 하니? 산타할아버지한테 달라고 해야지."

그러자 아이가 정색하며 말한다.

"아빠. 나 산타할아버지 없는 거 알아."

그 순간 객실에 있던 모든 승객들은 터져 나오는 웃음을 참지 못하고 모두 푸흣 하고 웃을 수밖에 없었다.

나는 언제 산타할아버지가 부모님이라는 것을 알았는지 기억이 잘 나지 않지만 적어도 저 아이 나이 때는 아니었었는데 요즘은 아이들이 이해가 빠르고 실리에 밝아서 기르는 부모님들이 참 피곤하실 듯하다. 당황해서 할 말을 잃을 아이 아빠를 보자니 웃음이 나지만 일찍 동심을 잃어버린 아이가 조금은 애석하다.

　일요일이라 그런지 영동역사 주변이 한적하다. 분명 사흘 전에 봤던 곳이지만 그날 부랴부랴 기차를 타려고 서둘러서 인지 아직 채 아침 안개가 걷히지 않아서 그런 것인지 마치 이곳에 처음 와 보는 듯한 느낌이다.

　'국악과 과일의 고장 영동'이라고 써진 홍보탑을 지나서는 포도밭을 끼고서 4번 국도를 따라간다.

　4번 국도는 경부선 철로를 따라서 난 도로라서 왼쪽으로는 기차가 지나다니고 오른쪽으로는 영동의 상징인 포도밭이 넓게 펼쳐져 있다. 얼마쯤 갔을 때 포도밭 한가운데 주변과 전혀 조화되지 않는 모습의 유럽풍 건물을 발견한다. 건물은 바로 순수 국산 와인인 샤토마니 제조 공장. 우리나라 와인 시장을 모두 외국계 와인이 점령하고 있는 요

°° 충북 영동군의 샤토마니 제조공장

즘 질 좋은 영동산 포도를 재료로 한 토종와인 샤토마니가 국내 및 해외 시장에서 다른 와인들과 대적하고 있었던 것이었다. 당분이 높고 과즙이 풍부하기로 유명한 영동포도로 만든 와인이 있다니. 이 사실을 안 이상 앞으로 와인을 구입할 기회가 오면 꼭 이 샤토마니를 구입해야겠다.

샤토마니 공장을 지나 얼마 지나지 않으니 웬 하얀 원들이 잔뜩 그려진 경부선 철도의 굴다리가 보인다. 이곳이 바로 한국전쟁 당시 노근리 사건이 발생한 영동군 황간면의 노근리다.

콘크리트 벽과 다리에 남겨진 수백 개에 달하는 하얀 원들은 바로 미군이 난사한 총탄의 흔적을 증거 삼아 표시해 둔 것이었다. 전쟁의 두려움과 기아에 떨며 굴다리 밑에 웅크려 있었을 무고한 피난민들과

° ° 충북 영동군 황간면 노근리 사건 현장

그런 무고한 피난민을 적군으로 오인해 총기를 난사한 미군들. 도무지 납득할 수 없는 일이 56년 전 이 자리에서 벌어졌던 것이다. 전쟁 중 비참했던 일이 어디 이 사건 하나뿐이겠는가. 전쟁이야말로 인류가 만들어낸 가장 비참한 재앙인 것 같다.

노근리에서 얼마 못 가니 황간역과 황간면소재지가 나타난다. '간이역'이라는 곳에서 느껴지는 낭만을 너무나 좋아하는 나는 굳이 가던 길을 벗어나 황간역의 역사를 이리저리 둘러본다. 황간역은 상행선 하행선 합쳐서 하루에 10대의 열차가 정차하는 전형적인 간이역이다. 몇 년 전 철도공사가 전국의 모든 역사를 현대적으로 보수한 덕에 "사평역에서"와 같은 시에서 묘사하는 허름한 역사는 남아 있지 않지만 플랫폼과 대합실 여기저기에서는 아직도 간이역의 정취를 느낄 수가 있었다.

황간역에서 계단을 내려와 면소재지로 들어오는데 동네가 상당히 눈에 익다. 데자뷰 현상인가 싶어 곰곰이 과거를 곱씹어 보니 이곳은 내가 초등학교 2학년 재학 당시 아버지를 따라 왔다가 잠시 구경했었던 동네임이 분명하다. 그 당시에도 이곳저곳을 돌아다니기 좋아하던 나는 아버지께서 일을 위해 잠시 방문한 이곳에 따라 왔다가 온 마을을 구석구석 헤집고 다녔었다. 분명 방금 지나온 황간역에도 갔었고 눈앞에 있는 황간 농협과 앞에 있는 건물도 둘러본 기억이 뚜렷이 난다.

1시간도 채 있지 않았던 이 동네를 몇 년째 기억하고 있는 이유는 이곳에서 있었던 충격적인 한 사건이 여태껏 뇌리에 박혀 지워지지 않고 있었기 때문이다. 그 사건은 무심코 동네 이곳저곳을 둘러보다가 읍내 목욕탕 앞을 지나갈 때 일어났다. 목욕탕 앞을 지날 때에 막 목욕을 마친 내 또래의 여자아이가 엄마의 손을 잡고 나오다가 순간 나와 눈

이 마주쳤다. 물기가 채 마르지 않은 긴 생머리에 왕방울만한 눈과 뽀
얀 피부를 가진 여자아이였는데 그 아이와 눈이 마주친 그 순간 나는
혼이 빠져 나간 듯이 그 자리에 굳어버렸었다. 그대로 그 아이가 점이
되어 사라질 때까지 바라보고 있었는데 그 당시 마치 천사가 있다면
저런 모습이 아닐까 생각했었다. 어린 마음에 얼마나 깊은 인상을 받
았으면 수년이 지난 지금까지 그 기억이 생생할까. 그날 이후 가끔 그
곳은 어디였을까 생각하곤 했었는데 이렇게 우연히 다시 보게 되다니
정말 감회가 새롭다.

이곳 황간면은 물이 좋아서 1급수에만 산다는 올갱이[7]가 많이 난다
고 한다. 덕분에 이곳 황간은 올갱이국밥이 특산물 인데. 올갱이와 함께
구수한 집된장과 시래기나물을 넣어서 푹 끓여낸 올갱이국은 맛뿐만
아니라 건강, 특히 간에 좋기로 유명하다. 마침 점심때도 됐겠다, 황간까
지 온 김에 유명한 올갱이국밥 한 그릇을 먹고 남은 길을 가야겠다.

그렇게 황간 구석구석을 뒤지다가 간판도 없어 주의 깊게 보지 않으
면 그 존재를 알 수 없는 허름한 식당을 겨우 찾아 들어간다. 작고 허
름한 이 식당은 꼬부랑 할머니께서 근근이 운영하고 계셨다. 갖춰진 시
설이라곤 작은 식탁 2개와 낡은 석유난로뿐이고 메뉴는 올갱이국밥과
막걸리, 소주, 라면, 보리밥이 전부이다. 황간이 올갱이국밥으로 유명하
다고 해서 이 가게를 찾아왔다고 하자 그것도 다 옛말이라고 요즘은
물이 많지 않고 또 옛날처럼 맑지도 않아서 올갱이가 많이 잡히지 않
는다고 한다. 어쩐지 유명하다는 올갱이국밥집 하나 찾기가 쉽지 않더

---

7) 다슬기를 일컫는 강원, 충북 지역의 방언

라. 그렇게 올갱이가 귀하다고 하시면서도 내어오는 국밥에는 올갱이
가 한가득이다.

올갱이국밥을 다 비웠더니 할머니께서 입가심하라며 낡은 석유난로
위에서 달그닥거리던 주전자를 들어 차를 따라 주신다. 허름한 식당의
낡은 석유난로 옆에서 삐걱거리는 의자에 앉아 차를 마시고 있자니 언
뜻 수필가 정진권 교수님의 수필 "짜장면"이 묘사하던 허름한 식당이
생각난다. 비록 짜장면이 아닌 국밥을 팔고 있고 인심 좋은 얼굴에 개
기름 흐르는 중국인이 아닌 인자한 할머니가 주인인 식당이지만 이곳
영동 출신 수필가인 정진권 교수님께서 언젠가 이 식당에 오셔서 영감
을 얻었을 수도 있다면 너무 억지일까.

황간면부터 상주로 접어드는 길은 산을 가로질러 구불구불하게 뚫
린 국가지원 지방도로 49번이다. 액면을 따져보면 하루도 채 걷지 않고
서 충북을 떠나 경북으로 접어들고 있는 것이다. 아무래도 도(道) 간의
경계를 넘어서는 길이라 그런지 걷기가 호락호락하지 않다. 인내가 쓰
면 열매가 달다고 힘겹게 백화산의 수봉재를 오르고 나니 드디어 충청
북도를 벗어나 경상북도에 발을 내딛을 수 있었다. 문경을 넘어서면 다
시 충북으로 돌아오지만 내가 오직 걸어서 전라도와 충청도를 건넜다
는 사실이 상당히 뿌듯하다.

영동과 경계를 마주하고 있는 상주. 곶감의 고장답게 길 좌우로는
감나무 밭이 즐비하게 늘어 서 있다. 간간히 진주홍으로 물들다 못해
새빨갛게 익은 홍시감이 나무마다 한두 개 남아있는데 저것은 마을
사람들이 마을에 좋은 소식을 전해줄 까치들이 먹을 수 있도록 따지
않고 남겨둔 몫이리라. 까치도 이렇게 정감 있는 마을사람들의 마음을

° ° 드디어 도착한 경상북도

알고 보답하고자 좋은 소식을 많이들 들고 와서인지 까치가 상주의 시조(市鳥)라고 한다.

언덕을 내려오다가 마을 초입에서 무심코 뒤를 바라보았는데 어스름이 깔린 하늘과 눈이 덮인 산의 조화가 어찌나 아름답던지 "아!" 하는 감탄사가 저절로 튀어나온다. 2일간 쉬었다가 걸으려니 다리는 아프고 발에는 여러 군데 물집이 잡혔지만 뒤 돌아보면 나타나는 웅장한 풍경에 마음은 고요하게 가라앉는다. 그러나 그 풍경은 몇 분 지나지 않아 어둠에 묻히고 모동면에 도착해서는 가장 좋다는 여관식 민박집을 찾아 들어가며 오늘의 여행도 종지부를 찍는다.

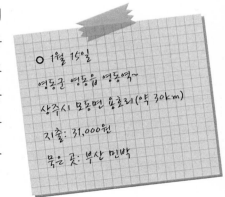

o 1월 15일
영동군 영동읍 영동역~
상주시 모동면 용호리(약 30km)
지출: 31,000원
묵은 곳: 부산 민박

백두대간을 가로질러 상주 시내로

2일 가량을 쉬다가 걸으려니 많이 피곤하다. 발가락에는 피가 고이는 물집이 생기고 온몸이 뻐근해 알람소리도 듣지 못한 채 10시간가량을 잤다. 부랴부랴 짐을 챙기고 여관을 나왔지만 출발이 많이 늦어져 버렸다.

여태까지 각 시·군의 관공서에서 모아온 관광안내도와 행정홍보 팸플릿, 여행지 정보 팸플릿 등도 많아져서 이제는 제법 큰 짐이 되었다. 사실 어제 할머니 댁에 놓아두고 설에 오시는 아버지를 통해 집으로 보내는 방법도 생각해봤지만, 워낙 중요한 물건이다 보니 내 손으로 보내지 않으면 안심이 되질 않아 나오는 길에 우체국에 들려 소포로 부친다.

여러 가지 잔일들을 마치고 본격적으로 걸어가려고 보니 도로에는 안개가 자욱이 껴서 가시거리가 얼마 되지 않는다. 언제 나타날지 모르는 차량에 잔뜩 긴장한 채 1시간가량을 걷고 나자 서서히 안개가 걷히면서 모서면소재지에 도착한다. 이곳부터 오늘의 목적지인 상주 시내까지는 백두대간을 가로질러난 길을 걸어가야 한다. 산을 넘어 가는 길은 마을이 드물게 나타날 것이므로 지금 이 마을에서 만반의 준비를 해야 한다.

한 시간 전에 아침을 먹은 관계로 농협 하나로마트에 들러 점심을 대용할 초코바와 과자 등을 사서 나온다. 마트를 나오는데 많은 주민들이 한 손엔 서류봉투를 다른 한 손엔 우유를 든 채 내 쪽으로 우르르 몰려온다. 무슨 일이 있었는지 궁금해져서 어르신 한 분을 붙잡고서 물어본다.

"오늘 무슨 장이라도 열리나요? 왜 이렇게 많은 사람들이 모여 있지요?"

"아, 면사무소에서 1시간 동안 영농교육인가 뭔가를 받으면 빵하고 우유도 주고, 점심까지 대접한다길래 이렇게 사람들이 많이 모인 거야."

아니나 다를까 면사무소에서 나오는 주민들은 모두들 근처에 있는 식당으로 들어가고 계셨다. 갑자기 상주는 영농교육이 어떤 식으로 이루어질까 궁금해진 나는 그 주민들과는 반대로 면사무소를 향해 올라가 담당 직원을 찾아간다.

"안녕하세요, 저는 여행객인데요, 방금 나오시는 분들이 이곳에서 영농교육을 받고 나오는 길이라고 들었는데, 남은 자료 있으면 한 부만 주실 수 있을까요?"

"아, 죄송합니다. 저희 예상보다 많은 인원이 참석한 나머지 남아있는 자료가 없네요. 자료는 없지만 기왕 여기까지 찾아오신 김에 식사라도 하시면서 이야기도 나눌 겸, 저와 함께 가시죠."

지역에 관한 정보도 얻어가면서 무료로 식사를 할 수 있는 좋은 기회였는데 한 시간 전에 밥을 먹고 출발한 것이 후회스럽다. 아쉽지만 방금 모동면에서 먹고 오는 길이라며 거절하고 발걸음을 돌린다.

모서면소재지부터는 국가지원 지방도 901번으로 갈아타서 걸어간다. 곶감의 고장답게 길옆으로는 감나무들이 즐비한데 그 못지않게 포도나무도 많이 보인다. 아무래도 영동과 인접해 있다 보니 포도를 생산하기에 좋은 지역 조건을 갖추었음이 분명하다.

그러나 뭐니 뭐니 해도 상주의 특산물은 역시 흰색을 띄고 있는 3가지 용사들이다. 상주가 '삼백(三白)의 고장'이라는 명성을 얻게 하고 있는 곶감과 쌀 그리고 누에가 바로 그 주인공들이다. 그중 곶감은 전국 판매량의 60% 가량을 점유하고 있을 정도로 그 명성이 대단한데, 이로 인해 상주 하면 대부분 사람들이 곶감을 먼저 떠올리곤 한다.

백두대간을 가로질러난 901번 도로는 차량통행도 적고 공기도 맑은 데다 경치도 좋아 마치 삼림욕을 하는 기분이다. 마침 마라토너 한 분이 나를 지나쳐 가시며 반갑게 인사를 건네시는데, 인적이 뜸한 곳을 혼자 가다가 차량이 아닌 사람을 만나니 반갑다.

길이 고요하고 걷기에는 좋으나 큰 마을이 없다보니 초코바와 미숫가루로 끼니를 때워야 한다는 단점도 있다. 걷는 데는 밥 힘이 좀 필요한데 말이다.

산을 따라 구불구불한 도로가 끝이 없이 이어지더니 서너 시간 가량 지나자 서서히 감나무밭과 함께 작은 마을들이 나타난다. 감나무밭 뒤로는 교실이 3개뿐인 대유 초등학교도 보인다. 도로 주변으로 몇 채의 집이 띄엄띄엄 보였는데 아마 그 집 아이들이 다니는 학교인가 보다. 이렇게 산골짜기에 학교가 있는 것을 보니 예전에는 몇 십리씩 걸어서 등교했다던 부모님의 말씀이 과장이 아니었음을 알겠다. 여하튼 이렇게 산골짜기의 공기 좋고 경치 좋은 학교로 등교하는 아이들은 마음까지 맑고 순수할 것 같다.

까치들이 줄지어 앉은 전선을 따라 걷다가 901번 지방도에서 25번 국도로 방향을 바꿔 상주 시내를 향해 걷는다. 25번 국도로 접어들면 내서면소재지에서 약간의 요기를 할 예정이었는데, 다른 면소재지와는

°° 감나무밭 뒤로 보이는 대유초등학교

달리 마을 건물이라고는 면사무소와 파출소, 농협, 우체국 등의 관공서 몇 채뿐이고 요기할 수 있는 식당이나 민가는 전혀 보이지 않는다. 면 소재지는 그래도 대부분 그 면에서 가장 번화한 곳이라 식당 한두 개 쯤은 있기 마련인데 이곳 내서면이 예측을 벗어나 버린 덕에 결국은 백 두대간을 넘느라 주린 배를 움켜쥔 채 계속 걸을 수밖에 없게 되었다.

　지방도에서 국도로 접어들자 차량의 통행이 몇 배나 많아진다. 상주 시는 그래도 소위 자전거의 도시라고 하니 국도변에 자전거가 다닐만 한 넓은 길을 마련해놓았겠지 하고 생각했었는데 웬걸. 자전거는커녕 한쪽 발 디딜 곳조차 없을 정도로 갓길이 좁다. 차가 온다 싶으면 갓길 로 붙어 서 있어야 되는데 다니는 차량 대부분이 대형 트럭들이라 아 찔한 순간이 한두 번이 아니었다. 조금만 더 있으면 자전거 박물관이 문을 닫을 시간인데, 도로가 이 모양이라 걷는데 속도가 안 나 보니 애간장이 탄다. 결국 걷는 도중에 해는 져버리고 부랴부랴 박물관에 도착했을 땐 이미 박물관 문은 굳게 닫혀버렸다.

박물관 외부라도 구경하고 가자 싶어 돌아본 자전거 박물관은 일단 외형부터가 특이하다. 마치 자전거를 연상시키듯 커다란 바퀴 2개를 이어놓은 형태의 박물관 건물 앞으로는 광장을 조성하여 박물관에서 대여해주는 자전거를 탈 수 있도록 구성해놓았다. 박물관 내에는 세월이 흐르는 동안 변화해 왔던 자전거들과 여러 가지 자전거 관련 물건들이 전시되어 있다는데 문을 열고 들어가 볼 수 없으니 너무 아쉽다.

다행히 박물관부터 시내까지는 도로변으로 자전거 전용도로가 갖추어져 있어서 걷기가 한층 수월하다. 또 자전거 도로가 낙동강의 지류인 북천을 따라 조성되어 있는데 상주의 중심에 가까워질수록 점점 그 얼개가 더욱 갖추어져 간다.

해가 지고 나서 2시간가량을 걸었더니 드디어 상주의 시가지가 나타난다. 불야성을 이루고 있는 시가지에서 우선 백두대간을 넘느라 주린 배를 국밥으로 허겁지겁 채우고 배낭여행객이 묵기에 이상적인 숙소인 찜질방을 찾아 들어간다. 찜질방이 짐을 재정비하거나 하루를 마무리하며 여러 기록들을 정리하기엔 모텔 보다는 약간의 불편이 따르지만 목욕시설은 모텔에 비해 훨씬 잘 되어 있고 잠자리도 작은 여관 등에 비해선 따뜻하며 무엇보다 여관의 5분의 1 가격으로 묵어갈 수 있으니 주머니 가벼운 여행객에게는 참 좋은 숙소이다. 아무튼 오늘은 찜질방 덕에 싸고 편히 묵어갈 수 있겠다.

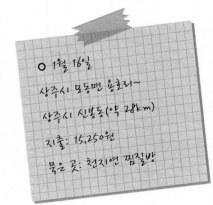

ㅇ 1월 16일
상주시 모동면 용호리~
상주시 신봉동(약 28km)
지출: 15,250원
묵은 곳: 천지연 찜질방

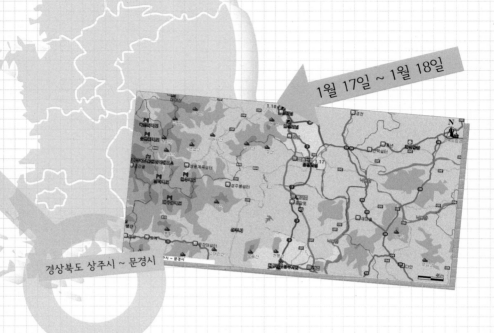

1월 17일 ~ 1월 18일

경상북도 상주시 ~ 문경시

1월 17일 화요일 / 맑음

경북선을 따라

　오늘은 다른 날보다 좀 더 일찍 출발 준비를 한다. 구미에서 편안한 휴식을 취한 이유도 있지만 며칠 동안 비싼 돈을 지불하고 편안한 잠자리를 가지다 보니 몸이 덜 피로해 눈이 일찍 떠지기 때문인 것 같다.

　이 정도 시각이면 사람들이 활동하기엔 좀 이른 편이라 시내가 한산하겠다고 생각하고 찜질방을 나왔으나 웬걸 마침 오늘이 상주의 장날인 것이 아닌가. 그것도 설을 얼마 앞두지 않은 대목장이라 거리는 인

° ° 상주 곶감

파로 북적이고 있었다. 청과물 시장에서부터 시작된 노상 행렬은 유동
인구가 가장 많은 중앙 시장까지 이어지고 있었는데 좀 더 목 좋은 곳
에 자리를 잡기 위해 이른 시간부터 나오신 분들이 많아 더욱 붐볐다.

인도까지 점령한 채 대부분의 상인들이 팔고 있는 것은 다름 아닌
상주 곶감. 요즘이 바로 곶감철이기 때문에 곶감 상자는 어디가 끝인
지 알 수 없을 정도로 늘어서 도로를 점령하고 있다. 보기만 해도 군침
이 넘어가는 최고급 상주 곶감들이 내 눈앞에 이렇게나 많이 펼쳐져
있다니 내가 다 먹을 수 있는 것도 아닌데 괜히 신이 난다.

상인들은 곶감이 가득 담긴 상자 하나를 보통 6~7만 원에 판매하고
있는데 맛만 보게 한두 개만 팔아 달라고 해도 소매는 하지 않는다며
손사래를 치신다. 아무럼 소비가 적은 산지에서는 저 많은 걸 소매로
는 팔려고 하지 않겠지 하는 생각이 들지만 누군가는 팔겠지 싶어 여

°°자전거 형상의 시 조형물

러 명에게 부탁해본 결과 결국 아주머니 한 분이 천 원에 2개를 팔아
주셔서 맛을 볼 수 있었다. 역시 상주 곶감답게 달콤한 맛의 향이 입
안 가득 퍼지는데 쫄깃한 과육이 씹을 때마다 살살 녹아 없어지는 것
같다.

　자전거 도시답게 상주 시내에선 자전거를 이용하는 시민들을 많이
볼 수 있다. 시내가 평지여서 자전거로 다니기가 편한데다가 시에서 적
극적인 홍보와 행사 등을 하고 있다 보니 많은 사람들이 자전거를 애
용하고 있다.

　북천을 건너 시민운동장을 지나고부터는 3번 국도가 4차선으로 넓
어지면서 차들이 요란하게 쌩쌩 달리기 시작한다. 결국 달리는 차들을
피해 곧게 뻗은 3번 국도 대신 구불구불 돌아가는 997번 지방도로로
걷는다. 이 도로는 3번 국도와 자주 만나는데 굴다리도 많고 교차로도

많아서 잘 가고 있는지 상당히 헷갈린다. 걷다보니 논두렁으로 걷게
되질 않나, 잘 간다 싶더니 다시 3번 국도와 합쳐지질 않나, 아무튼 길
이 꼬이고 꼬여서 사람 정신을 혼미하게 만든다.

　도로를 따라난 경북선 철로도 정신을 빼놓는 데 한 몫 거든다. 철로
와 도로가 만나면서 건널목이 생기는 지점이 많이 있고, 동요에 나오는
곳처럼 오막살이집을 바로 옆에 끼고 선로가 나 있는 지점도 있다. 그
러다 보니 괜한 경치에 정신이 팔려 자주 길을 벗어나 버리는 것이다.

　얼마 후, 길 오른편으로 내가 너무나 좋아하는 간이역이 나타난다.
역사 이름은 백원역으로 지난번 영동군의 황간역보다 훨씬 규모도 작
고 아기자기하다. 역사에 들어가 보니 대합실은 1평 남짓 하고 열차시
간표엔 하루에 상·하행선 각각 3대만이 정차한다고 쓰어 있다.

　너무나 낭만적이고 귀여운 대합실이라서 사진을 찍으려고 카메라를
꺼내는데 처음부터 나를 경계하던 역무원 아저씨가 갑자기 눈을 부라
리며 나오신다. 그러더니 나를 가로막으면서 협조공문 없이는 사진을
찍을 수 없다며 으름장을 놓는 것이 아닌가. 무슨 군사 기밀도 아니고
사진 한 장 찍어가려는데 협조 공문까지 요구하다니 기가 차서 다시
역을 나온다.

　백원역을 나와 공검면소재지로 가는 길은 감나무밭이 넓게 펼쳐진
아늑한 시골길이다. 들리는 것이라곤 새소리와 내 발소리 그리고 가끔
신경 거슬리는 자동차 소리가 전부이다. 그런데 갑자기 고요함을 깨고
커다란 진돗개 한 마리가 나를 잡아먹을 듯이 달려온다. 감나무밭에서
낮잠을 자고 있던 중이었는데 내 발자국 소리에 잠이 깨서인지 단단히
화가 났는가 보다. 날 잡아 먹어 버릴 것 같은 기세로 돌진하는 개를

°° 경치가 아름다운 997번 지방도로

°° 상주시의 낭만적인 간이역, 백원역

보며 잔뜩 긴장하고 있는 순간, 감나무밭 너머에서 "먹구야~ 밥 먹어라
~" 하는 소리가 들리자 난 물어뜯을 기세로 달려오던 개가 갑자기 방
향을 바꿔 뒤도 돌아보지 않고 뛰어간다. 역시 동물은 자신의 본분보
다는 본능에 충실한가 보다.

　고요한 시골길을 지나서 공검면에 들어서자 저수지로 쓰이고 있는
공검지가 보인다. 이곳은 삼한시대에 3대 저수지 중 하나로 꼽혔을 정
도로 규모가 크고 유명한 곳이었다고 하는데 이 못을 축조할 당시 공
갈이라는 아이를 묻고 둑을 쌓았다는 전설이 있다. 저수지 앞에는 '공
갈못 노래비'라는 커다란 비석이 세워져 있는데 그 내용이 상당히 재미
있다.

　　　　연밥 따는 노래
　상주 함창 공갈못에 연밥 따는 저 처자야
　연밥 줄밥 내 따줄게 이내 품에 잠자 주소
　잠자기는 어렵잖소 연밥 따기 늦어가오

　상주 함창 공갈못에 연밥 따는 저 큰아가
　연밥 줄밥 내 따줌세 백년 언약 맺어 다오
　백년 언약 어렵잖소 연밥따기 늦어간다.

　이 시를 읽으면서 옛날 이곳 공갈못에서 있었을 처녀와 남정네들의
사랑과 낭만을 상상하니 입가에 절로 미소가 지어진다.
　공검면을 지나면서부터는 걷는 길이 3번 국도에서 멀어진 덕에 신경

거슬리던 차 소리도 사라지고 고요해진다. 넓은 논이 펼쳐진 저 건너편
에는 철로 변의 마른 갈대를 태우는 풍경이 어우러져 제법 웅장한 경
치를 만들어낸다.

　고려가야 왕릉을 지나 함창읍내까지 이어지던 그 호젓한 길은 함창
읍내를 벗어나자 다시 넓은 3번 국도와 합쳐지며 시내로 접어든다. 보
통은 시가지가 그 시의 중심부에 위치하기 마련인데 문경은 좀 이상하
게 상주와의 경계에 딱 붙어있다. 위치야 어찌되었건 문경시 점촌의 시
가지는 상주 시가지보다 훨씬 더 번화했고 모텔과 여관이 즐비해 있는

덕에 싸고 편하게 잠자리를 구할
수 있으니 나에겐 좋은 곳이다.
모텔과 여관 이곳저곳 찔러본 끝
에 2만 원에 재워주겠다는 모텔
을 구하고선 하루를 정리하고
잠자리에 든다.

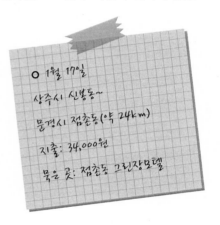

○ 1월 17일
상주시 신봉동~
문경시 점촌동(약 24km)
지출: 34,000원
묵은 곳: 점촌동 그린장모텔

잘못 채운 첫 단추 때문에 꼬인 하루

  '문화관광 웰빙의 고장'으로 지역을 홍보하는 문경시답게 문경은 정말 다양한 볼거리와 즐길거리가 가득하다. 군이 관광안내도를 보지 않아도 대부분 사람들이 잘 알고 있는 문경새재가 있고, 속리산 국립공원에서 흘러 내려오는 용추계곡과 선유동계곡 또한 그 경치가 빼어나기로 유명하다. 경천댐에 의해 만들어진 경천호에서는 낚시나 수상 스키 같은 수상레저를 즐길 수 있고 관광사격장과 활공장 그리고 철로 자전거와 같은 레저 시설 또한 무궁무진하게 갖추어져 있다. 문경은 즐길거리가 너무 많아 여건이 되는대로 최대한 즐기면서 갈 예정이다.

  시청 앞 모텔에서 바로 3번 도로를 타고 올라가는 것이 가장 빠른 길이지만 시내구경도 할 겸 약간 돌아서 가기로 했다. 시가지로 조금 걸어 들어와서는 중앙시장을 구경하려 하는데 순간 갑자기 귀가 멍멍할 정도의 폭발음과 함께 시장 한 귀퉁이에서 흰 연기가 솟아오른다. 이게 무슨 날벼락인가 그저 지역 분위기를 보고 싶어 시장에 왔다가 의도치 않게 눈앞에서 대참사를 목격하게 되다니…… 부랴부랴 걸어서 도착한 사건 현장은 그러나 아무 일 없었다는 듯 멀쩡하게 사람들로 북적이고 있었다. 커다란 폭발음의 정체는 가스폭발 참사가 아니라 뻥튀기를 튀길 때 나는 소리였던 것. 괜히 도가 넘는 추측을 했다가 안도감에 맥이 탁 풀린다.

설이 며칠 남아있지 않다 보니 시장 이곳저곳에선 설 강정을 만들기 위한 뻥튀기가 한창이다. 호루라기 소리로 주의를 주고 나서는 뻥 하는 소리와 함께 기구 뚜껑이 열리면 몇 배나 부풀어진 곡식들이 총알처럼 튀어 나오는데, 그것을 아주머니가 잘 받아서 가판대로 넘겨주면 즉시 강정 만들기가 시작된다. 가판대에서는 아저씨 두 분께서 뻥튀기를 능숙하게 조청에 버무린 후 큰 틀에 넣어 모양을 내고 조청이 마르기 전에 마름모꼴로 썰어내어 강정을 완성시킨다. 갓 만든 강정이 어찌나 맛있어 보이던지 군침이 고이는데 한두 개만 달라고 하려다가 염치가 없어 보여 그냥 관뒀다.

시장에서 아침으로 국밥을 한 그릇 먹고서는 3번 국도와 합쳐지는

˚ ˚ 문경 중앙시장에 설 강정 뻥튀기

북쪽 길로 되돌아간다. 여태까지 지도 한 장과 이정표 그리고 오직 방향감각에만 의지해 걸어온 길이지만 길을 찾는데 큰 실수 없이 예상대로 잘 맞아왔다. 그러나 이번에 선뜻 길을 나선 것은 실수였다. 북쪽으로 한참 올라왔다 싶었는데 알고 보니 계속해서 동쪽으로 걸어온 것이었다. 이게 무슨 낭패란 말인가. 다시 돌아가자니 의욕이 사라져 결국은 몇 시간 더 돌아가는 길인 34번 국도로 진입한다.

좀 돌아가긴 하지만 빛바랜 갈대가 무성하게 우거진 영강의 멋진 풍경을 보면서 걸을 수 있어 좋다. 군데군데 얼어버린 강물 위에서는 동네 아이들이 미끄럼을 타며 놀고 있고 흐르는 물에서는 아주머니 한분이 이 추운 날씨에도 다슬기를 따고 있다. 강 오른쪽으로 난 길로 들어가면 문경대학이 있다는데 덕분에 길 입구 주변엔 하숙을 하는 집들과 가게가 많이 있다. 그러다보니 외진 곳에 위치한 마을치고는 제법 들어차 있는 느낌이 든다.

한참을 걸은 끝에 결국 3번 국도로 돌아온다. 시간은 이미 3시를 훌쩍 넘겨버려서 오늘 계획한 목적지인 문경읍까지 간다면 도중에 해가 져버릴 것이 분명하다. 비록 해가 지고 부지런히 걸어 문경읍에 간다 해도 너무나 타 보고 싶던 철로 자전거나 관광사격장을 들리지 못하고 가야하니 좀 억울하다. 첫 단추를 잘 채워야 하는데 처음 길을 잘못 들어 버리는 바람에 일이 꼬여 버린 것이다. 결국 고민 끝에 철로자전거를 타는 곳인 진남역 근처에서 하루 묵고 난 이후 내일 문경읍까지 가기로 했다. 하루거리를 이틀에 걸쳐서 가는 것이다.

우선은 진남역에 가기 전에 있는 문경 관광사격장에 들린다. 경로에서 벗어난 산길을 따라 40분가량을 올라가는 길인데 다시 걸어내려 와

° ° 문경 관광사격장

야 한다는 사실은 내키지 않지만 사격장이 산 깊숙이 위치해 있다 보니 어쩔 도리가 없다. 땀 흘려 고생해 올라와 도착한 사격장은 실탄을 사용한다는 이유 때문에 위압감이 느껴진다.

25발에 만 7천 원 하는 공기총 클레이 사격을 하기로 하고 탄피가 가득 쌓여있는 야외사격장으로 간다. 클레이 사격은 긴 공기소총으로 날아가는 접시를 맞춰 깨트리는 사격인데 처음엔 귀마개를 끼지 않고 쐈다가 귀 바로 옆에서 나는 폭발음에 고막이 터지는 줄 알았다. 총은 또 어찌나 무겁던지 총을 지지하는 왼손이 후들거리는 바람에 표적에 맞게 총구를 움직이기는커녕 가만히 들고 있는 것조차 벅찰 정도다. 그러나 정신을 집중하고 날아가는 접시를 향해 발포했을 때 공중에서 산산조각이 나는 접시를 보면 정말 기분이 상쾌하다.

절반 조금 넘게 명중하는 정도로 실력이 그다지 좋지는 않았지만 강사가 그래도 처음 하는 것치고는 괜찮은 편이라며 칭찬해 주니 기분이 좋다. 총을 쏜 기념으로 탄피 몇 개를 주워서는 고생해서 올라온 길을 다시 내려간다.

사격장에서부터 철로자전거를 탈 수 있는 진남역 까지는 도로로 가지 않고 15년간 운행이 중단된 철로를 따라 걸어간다. 이 선로를 계속 따라 가은읍까지 가면 폐광이 되어버린 채석장을 개조해 만든 석탄박물관이 나오는데 바로 이 선로가 몇 년 전까지만 해도 황금 같은 석탄을 나르던 화물열차가 다니던 길이었음을 알 수 있다. 지금은 석탄 사용량이 줄어버린 관계로 더 이상 열차도 운행하지 않고 이렇게 선로만 덩그러니 남아있지만 자칫 방치하면 골칫거리가 될 폐물을 보수하여

°° 지금은 열차가 지나지 않는 문경선의 불정역

철로 자전거 사업을 한 것은 정말 현명하고 뛰어난 발상이라 생각한다. 유명한 관광지로 지역홍보도 하는데다가 관광 수입까지 벌어들이고 있으니 말이다.

자그마한 터널을 지나고 얼마 가지 않아서 지금은 이미 지도에서조차 사라져 버린 간이역, 불정역에 도착한다.

이제는 더 이상 아무도 찾지 않는 역, 작은 마을 한쪽에서 세월의 흔적을 간직한 채 서서히 자연으로 묻혀가고 있는 간이역. 몇 년 전까지만 해도 여러 사연을 가지고 열차를 기다리던 사람들이 있었을 테지만 지금은 그들의 추억만을 간직한 채 지나간 시간 속에서 흐린 그리움만 간직하고 있는 폐역이 돼버렸다.

불정역에서 다시 이어지는 철로를 따라 1시간 남짓 걸어가니 철로 자전거의 출발지점인 진남역에 도착한다. 동절기에는 해가 일찍 지기 때문에 철로 자전거를 오후 4시까지 운영한다고 한다. 현재 6시를 넘겨버린 탓에 지금은 문이 굳게 닫혀있는 상태이다. 아침에 출발할 때 길을 잘못 든 탓에 처음 계획한 대로였다면 충분히 탈 수 있었으나 결국 오늘은 못 타게 되어버렸다. 다만 근처에 자그마한 여관이 하나 있어서 내일을 기약하면 탈 수 있으니 그나마 다행이다.

여관에 들어와 하루를 점검해보니 길을 잘못들어 일정이 꼬이긴 했으나 그래도 즐거웠다고 위로하며 잠자리에 든다.

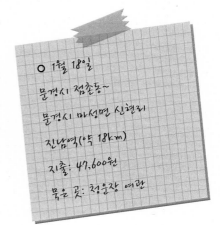

○ 1월 18일
문경시 점촌동~
문경시 마성면 신현리
진남역(약 18km)
지출: 47,600원
묵은 곳: 청운장 여관

1월 19일 ~ 1월 22일

경북 문경시 ~
충북 충주시

1월 19일 목요일 / 흐림

넉넉할 줄로만 알았던 하루

커튼을 치고 자는 바람에 해가 뜬 것조차 몰랐다. 오늘 계획해 둔 거리가 많지 않아 시간적인 여유는 있지만 더 늦어지면 안 될 것 같아 서두른다. 어제 먹다 남아서 싸 두었던 감자전으로 부랴부랴 아침을 때운 후, 철로 자전거의 출발지 진남역으로 간다.

자전거는 양옆으로 페달을 밟을 수 있는 2개의 좌석이 있고 가운데는 어린아이 2명가량이 앉을 수 있는 공간이 있다. 주로 가족이나 연인

단위로 오는 사람들이 많기 때문에 이런 형태로 제작한 것 같다.

진남역에서 출발하는 자전거는 영강을 낀 선로를 따라 2km 가량의 코스를 왕복한다. 나지막한 산자락을 따라 달리는 자전거 옆으로는 휘어 도는 영강이 햇빛을 반짝이며 흐르고 있어 운치와 낭만이 넘쳐흐른다. 가족이나 연인이 이 경치를 감상하며 탄다면 사랑이 한층 더 깊어질 것 같다. 그러나 혼자서 페달을 밟으며 가려니 이건 거의 중노동이다. 자전거 무게도 만만치 않은데다가 언덕진 곳은 힘도 굉장히 많이 들기 때문이다. 괜히 낭만 찾으려다가 빈속에 4km를 왕복하며 힘만 다 뺐다. 커플 자전거는 다른 쪽 페달을 밟아 줄 사람이 없다면 타지 않는 편이 좋다는 걸 깨달았다.

진남역을 나서서 얼마 가지 않은 곳에는 고모산성으로 들어 갈 수 있는 길이 나 있다. 2~5세기경에 축조되었을 것으로 추측되는 이 성은 옛사람들이 다니던 길인 영남대로의 한 부분이다. 옛사람들은 이 길을 통해 서로 교류하고, 전시에는 전략상 요충지로 사용했을 것이다.

고모산성의 꼭대기에 올라서서 발아래를 내려다보면 경북 8경중 제1경인 진남교반이 눈앞에 펼쳐진다. 산골짜기 사이로는 반쯤 얼어붙은 계곡이 흐르고 저 멀리로는 절벽 허리께를 감아 도는 영남대로의 토끼벼루, 관갑천도 시야에 들어온다. 확 트인 경치와 불어오는 찬바람 그리고 겨울 내음이 섞인 나무 향이, 쌓인 여독을 잠시나마 잊게 해준다. 이렇게 먼 길을 걸어가는 일이 호락호락 하지만은 않지만 바로 이런 멋에 여행은 즐길만한 것이 아닐까.

이곳에서부터 오늘의 도착지인 문경읍까지는 8km 남짓인데, 천천히 걸어도 2시간 정도면 충분히 도달할 수 있는 거리이다. 하루면 갈 거리

° ° 문경시 철로 자전거

° ° 영남대로의 흔적이 남아있는 고모산성

를 이틀에 나누어 가다보니 시간이 넉넉하여 차들이 쌩쌩 다니는 도로를 피해 농로를 따라 유유자적하며 걷기로 했다.

영강의 지류 조령천을 따라난 이 비포장길은 옆으로는 푸른 강물과 빽빽한 갈대가 조화로이 절경을 빚어내고 있으며 중간 중간 작은 마을로 이어지는 샛길도 나있다. 그러나 갈수록 점점 길이 좁아진다 싶더니 어느새 길이 끊기고 눈앞을 커다란 바위가 막아선다. 1시간가량을 들어온 것이 억울해 바위를 밟고 강을 건너가 보려 했으나 강이 너무 넓고 깊어 눈물을 머금고 여태껏 온 길을 다시 돌아 나온다.

결국은 국도를 따라 들어온 문경읍은 하루거리를 이틀에 나누어 왔는데도 늦은 시간에 도착해 버렸다. 어제 오늘 연이어 길을 잘못 든 덕에 하루 가량의 시간을 길 위에서 잃어버린 것이다. 그러나 덕분에 좀더 문경을 깊이 있고 구석구석 볼 수 있어서 억울하지만은 않았다.

문경읍에는 문경온천이 있어서 주변에 좋은 숙박시설들이 많이 있다. 그중 고향이 문경인 아버지 친구 분 덕에 온천수가 콸콸 나오는 모텔에서 공짜로 묵을 수 있었다. 굳힌 돈으로 모텔 앞에 있는 삼계탕 집에서 푹 우러낸 영계로 몸보신을 하고 여독을 풀기 위해 잠자리에 든다.

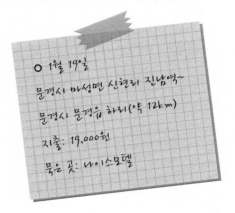

O 1월 19일
문경시 마성면 신현리 진남역~
문경시 문경읍 하리(약 12km)
지출: 19,000원
묵은 곳: 나이스모텔

서울에서 온 친구들

여행을 시작할 때부터 언제 한 번 합류하겠다던 친구들이 드디어 오늘 충주로 온단다. 이번 국토종단 코스 중 충주는 서울에서 가깝기 때문에 친구들이 오기에도 부담감이 덜 하기 때문이다. 충주로 가려면 오늘 중에 문경새재를 넘어야 하기 때문에 평소보다 이른 아침에 길을 나선다.

읍내에서 아침을 먹고 문경새재로 가는 길에 문경초교 앞으로 주변과 어울리지 않는 허름한 초가집 한 채가 있어 호기심에 잠깐 들여다본다. 알고 보니 이곳은 박정희 대통령께서 교편을 잡으시던 때 거처하던 집인 청운각(靑雲閣)이라고 한다. 당시 이곳 문경초교에서 박정희 대통령께 가르침을 받았던 제자들이 자발적으로 위원회를 설립하여 집을 보존해 오고 있는 것이다. 대통령께서 잠시 거처하셨던 집을, 후에도 제자들이 치성으로 보존하고 있는 모습을 보니 박정희 대통령과 같은 고장에서 태어났다는 이유만으로도 괜히 내가 뿌듯하고 자랑스러워졌다.

청운각에서 큰길을 따라 30분이 채 안 되는 거리에 드디어 오늘 넘어야 할 문경새재의 입구가 나타난다. 커다란 팔작지붕 형태의 입구는 웅장한 규모로 위압감을 조성하는데 옛 선비들도 나처럼 이곳 새재 입

˚ ˚ 박정희 대통령께서 거하시던 청운각

˚ ˚ 문경새재 입구

구에 서서는 큰 고개를 넘어야 한다는 부담을 느꼈을 것이다.

조선시대에 한양으로 가던 우리 조상들은 주로 『증보문헌비고(增補文獻備考)』에 나타난 9대 간선 도로 중 하나를 따라 가곤 했는데 한양과 동래(지금의 부산)를 최단 거리로 이어주는 영남대로가 가장 많은 사람들이 왕래하는 길이었다고 한다. 그중 백두대간의 조령산 마루를 넘는 이 문경새재가 가장 높고 험하기로 유명하여 지나는 사람들이 모두 힘겨워 했다는데 괜히 나도 입구에서부터 주눅이 든다.

새재의 어원에 관해서는 새도 날아서 넘기 힘든 고개, 억새풀이 우거진 고개, 지릅재와 이우리재 사이(새)로 난 고개, 조선시대에 새(新)로 난 고개 등 여러 가지 설이 있는데 다들 재미있고 그럴 듯해 무엇이 정답인지 정확히 하나를 골라내기가 곤란하다.

문경새재에 입장료 2,100원을 지불하고 들어서니 오른쪽으로 문경새재와 관련한 자료를 전시해놓은 박물관이 있다. 입장료에 박물관 관람 이용료까지 포함되어 있으니 정보 좀 얻어가자 싶어 박물관을 관람한다. 박물관에 전시된 내용은 상당히 흥미롭고 유익하다. 당장 내가 넘어갈 문경새재의 역사와 의미부터 시작하여 옛사람들이 여행하던 당시 복장이나 주변상황 등을 이해하기 쉽도록 전시해놓았다. 새재 주변에 있던 역(驛), 원(院)과 같은 숙박시설이 하던 역할이나 옛사람들의 여행 복장 등을 보면 현대 여행객들의 여행 모습과는 많은 차이가 느껴진다.

서울에 있는 홍제, 노원, 이태원 같은 곳도 예전엔 나그네들이 도성에 들어가기 전에 모여 쉬는 쉼터인 '원'이었다고 하는데 현재 많은 상가들이 들어서 번화해 있다. 예로부터 사람의 왕래가 잦았던 곳이라 현재에도 이렇게 상가가 발전하지 않았을까 추측해본다.

박물관을 둘러 본 이후 문경새재 제1관문인 주흘관으로 들어선다. 주흘관을 들어서니 왼쪽으로 KBS 민속 촬영장이 보인다. 몇 년 전 〈왕건〉이라는 드라마를 촬영하기위해 만들었다는 이 세트는 거대한 왕궁이 2채나 있는 큰 규모의 촬영장이다.

촬영장에서부터 제2관문인 조곡관까지는 볼거리가 아주 많다. 걷기 좋게 잘 닦여진 황톳길을 따라 콧노래를 부르며 걷다보면 옛 관료들이 묵어갔다던 조령원의 터가 나타나는데 비록 그 당시 그대로의 모습이 아닌 터만 남아있지만 박물관에서 읽었던 숙박시설 중 원이 어떤 역할을 했었는지 가늠해볼 수 있다.

또 일제 강점기 당시 일본군이 한국인을 강제 동원하여 나무에 V자 상처를 내고 송진을 채취하여 에너지원으로 사용했다고 하는데 그 상처를 고스란히 안고 있는 소나무도 볼 수 있다.

그 소나무 위쪽으로 위치한 초가지붕의 옛 주막을 지나면 교귀정이 나타난다. 지금의 경상도지사쯤 되는 조선시대 경상감사가 어명을 받아 교체될 때 업무를 인수인계 했던 교인처인데, 정자에 앉아 흐르는 냇물과 용이 솟았다는 용추폭포를 바라보며 업무를 주고받았을 옛 감사를 상상해 보면 매우 멋스럽고 또 흥미롭다.

교귀정 위로 계곡을 따라 걷다보면 송아지를 잡아먹을 만큼 큰 꾸구리가 살고 있다는 꾸구리 바위가 나타난다. 동전 하나를 던져주면 꾸구리가 소원 한 가지 정도는 들어 준다고 해서 나도 주머니를 뒤져 백원짜리 동전 하나를 던져주고 남은 여행을 무사히 마칠 수 있기를 기원해 본다.

° ° KBS 민속 촬영장의 왕궁

° ° 경상 감사들의 업무 교인처인 교귀정

꾸구리 바위를 지나 '산불됴심'이라 쓰여진 옛 비석을 지나면 3단 폭
포인 조곡 폭포 위로 제2관문인 조곡관이 나타난다.

그런데 제2관문인 조곡관을 지나자 아까부터 불안하던 휴대폰 전파
수신도가 뚝 끊어지면서 통화가능지역을 벗어나 버린다. 백두대간을
넘는다는 것이 실감난다. 하지만 오늘 만나기로 한 친구들이 어디쯤
왔는지 몇 시에 어디서 어떻게 볼 것인지 확실히 정하지 못했는데 휴대
폰이 이런 때에 뚝 끊겨 버리니 걱정이다.

2관문을 지나 있는 휴게소에서 손두부로 점심을 때운 후 부랴부랴
장원급제길로 오른다. 제2관문에서 3관문까지 이어지는 길인 이 장원
급제길의 끝자락에는 소원을 빌면 장원급제를 한다는 책 모양의 바위
가 있다. 아마 옛 사람들도 바위 앞에서 잠시 숨을 돌리며 금의환향에
의 소원을 빌었을 것이다.

책바위를 지나 조금 더 올라가니 드디어 문경새재의 마지막 관문인
제3관문 조령관이 나온다. 이 문을 넘어서면 드디어 백두대간을 넘어

° °큰 꾸구리가 살고 있다는 바위.

° °제2관문 조곡관

다시 충청도로 접어들게 되는 것이다. 짧은 거리였지만 내가 이번 여정에서 경상도까지 넘었다는 기분에 힘이 난다.

제3관문을 끝으로 드디어 문경새재를 벗어난다. 문경새재를 벗어나면 바로 나오는 괴산군을 살짝 걸쳐, 충주시 수안보로 접어들자 새재 정상 앞으로 넓게 트인 경치가 펼쳐지며 가슴까지 확 트이게 한다. 그렇게 구불구불 이어진 길을 따라가며 백두대간 아래를 내려다보면 마치 하늘을 날며 땅 아래를 굽어보는 기분이 든다.

계속해서 이어지는 호젓한 산길을 따라 한참을 내려가는 도중에 길 맞은편으로 내 또래의 학생들이 무리지어 올라온다. 복장이 가벼운 것을 보니 나 같은 여행객은 아닌 것 같고, 목에 대학교 이름과 학년을 써 놓은 것을 보니 저기 괴산군 고사리 수련원에 온 어떤 대학생 단체인 것 같다. 그 학생들은, 이 아무도 없는 산중에, 커다란 가방을 매고 때 묻은 옷을 입은 새카만 녀석이 혼자서 저벅저벅 걸어오자 약간 놀란 눈치이다. 나도 며칠 후면 대학생이 되어 저들과 같은 모습을 하고 있을 텐데 지금은 상황이 참 재미있다.

2006 01 20 15 52

°°경상도와 충청도의 경계 제3관문 조령관

산길을 한참 내려와 다시 3번 국도로 접어든다. 이젠 휴대폰의 전파 수신도도 다시 정상으로 돌아왔다. 연락이 안 돼 걱정했는데 다행히 친구들은 아직 충주에 도착하지 않은 상태라고 한다.

4차선의 고속화도로인 3번 국도를 따라 2시간여 가량을 걸어 들어가니 드디어 수안보 시내로 접어든다. 어제 문경읍에 모텔을 구해주셨던 아버지 친구 분께서 오늘은 친구들이 온다고 콘도 하나를 예약해 주셨는데, 정말 송구스럽다.

내가 수안보에 걸어서 도착하고 몇 분 뒤에 수안보터미널로 친구들이 도착했다. 정말 시간도 딱 잘 맞춰왔다. 얼마 만에 보는 친구들인지! 너무 반가워 잠시 동안 친구들을 끌어안고 방방 뛰다가 다 함께 들뜬 상태로 미리 구해놓은 숙소로 향한다.

수안보는 온천도 유명하지만 꿩 요리 또한 지역 특산물로 유명하다. 짐을 부리고 여독을 풀 겸 친구들과 함께 온천욕을 즐기고는 굳힌 숙박비를 모아 함께 풀코스로 꿩 요리를 먹는다. 정말 오래간만에 친구들을 만나 이런 호사를 누리는구나. 꿩 요리를 먹고 콘도로 돌아와 맥주를 한 잔하며 나누는 긴긴 이야기는 밤이 새는 줄도 모르고 이어진다. 아, 친구들을 만나니 정말 편안하고 행복하다.

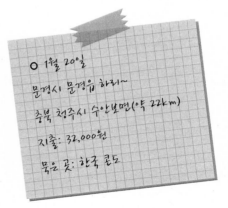

○ 1월 20일
문경시 문경읍 하리~
충북 청주시 수안보면(약 22km)
지출: 32,000원
묵은 곳: 한국 콘도

하루 동안의 소중한 휴식

　오늘 오후 10시 40분에 있을 축구대표팀의 그리스 평가전을 재미있
게 보기 위해 친구들과 함께 축구 토토를 사러 충주 시내로 나간다. 시
내에서 간만에 당구도 치고 게임방에 가서 친구들과 같이 게임도 하며
시간을 보낸다. 간만에 보는 친구들과 보내는 편안하고 즐거운 시간.
저녁엔 통닭 한 마리와 맥주 3병을 사고 다시 숙소로 돌아와 즐겁게 평
가전을 관람한다. 간만에 보내는 즐겁고 소중한 하루의 휴식이다.

1월 22일 일요일 / 맑음

별빛을 등불삼아

　늦게까지 자고나서 아침 겸 점심을 먹고 나니 해는 이미 중천을 지나 서쪽으로 조금 접어들었다. 친구들을 서울로 보내기 전에 찌뿌둥한 몸도 풀 겸 물 좋다는 수안보 온천에 다시 몸을 담근다. 매시 40분마다 수안보발 동서울행 버스가 있어서 친구들이 서울로 가기도 좋다. 목욕을 하고 부랴부랴 나와 친구들과 작별을 하고 나니 다시 좀 허전해진다. 계속 혼자 있다 보니 고작 3명이 모였었는데도 여러 명이 정신 없게 지낸 기분이다. 친구들을 보내고 나서 터미널에 앉아 다시 여행 채비를 마친 이후 묵직한 배낭을 둘러매니 이제 다시 나만의 여행으로 돌아온 것이 실감난다.

　이제 한 4시간 후면 해가 질 것이므로 다시 맘을 다잡고서 부지런히 걷는다. 아마 오늘은 월악 유스호스텔 즈음 가면 시간이 얼추 맞을 것 같다.

　상주부터 밟아왔던 3번 국도를 따라 중앙경찰 대학을 지나고 나니 5일가량 함께 했던 3번 국도를 떠나고 36번 국도로 접어든다. 이 단양행 36번 국도는 2차선 도로로, 북으로는 충주호, 남으로는 월악산 국립공원을 끼고 있으며, 오르막과 내리막이 심하면서 구불구불한 산악지역 국도이다. 이 도로는 중간 중간 왼쪽의 산등성이 사이로 푸른 호수가 펼쳐지다가 다시 조금 더 걸으면 산자락에 가려 호수가 보이지 않

게 되는 운치가 있다. 36번 국도
로 접어든 지 얼마 되지 않았는
데 서서히 어스름이 깔리기 시작
한다. 이 길은 다른 지방도로처
럼 대형 트럭이 소음과 먼지를
내며 지나다니진 않지만 도로 주
변에 관광지가 많은 탓에 여행객
차량들이 많이 다녀 불편하다.

얼마 걷지 않아 랜턴의 도움 없
이는 거의 한 치 앞도 볼 수 없는
암흑이 깔렸다. 잘 쓰지도 않고

° °물방울 모양의 수안보 온천 입구

무게만 나가는 랜턴은 이렇게 꼭 필요할 때 고장이 난다. 하는 수 없이
발밑에 도로와 갓길을 분리하는 흰 선만 보고 걸었더니 어느새 월악나
루를 지나 월악대교를 건너 제천시로 들어왔다. 이런 암흑이 깔린 밤
에는 혼자서 길을 걷느라 무섭고, 나의 존재를 모르는 차들을 피하느
라 힘이 든다. 하지만 잠시 숨을 돌리고 하늘을 올려다보면 쏟아질 것
같이 촘촘히 박혀있는 별빛에 '그래 이까짓 거 충분히 감당해 낼 수 있
다!'는 생각과 함께 힘이 생긴다.

다리를 건너 한수면으로 들어오자 삼거리 앞쪽으로 오늘의 목적지
인 월악 유스호스텔이 환한 조명을 받으며 우뚝 솟아있다. 신나게 달
려가 1일 숙박가격을 물어봤더니 자그마치 4만 5천 원. 시설은 좋지만
내 처지에 너무 비싸다는 생각에 다시 36번 국도로 돌아 나온다. 다행
히 유스호스텔 맞은편 얼마 멀지 않은 곳에 마을회관이 환하게 불을

밝히고 있다. 깡충깡충 뛰어서 들어가 보니 마을 어르신들이 모여 이야기를 나누고 계신다. 반가움 마음에 인사를 드리고 마을회관에서 하루만 재워 달라고 부탁 했으나 주변에 묵어 갈 숙소가 많이 있으니 주변에서 묵어가길 권하신다. 하긴 이렇게 민박집이 많은 동네에 와서 마을 회관에 묵어가는 것은 예의가 아닌 것 같다.

마을회관을 나와서 바로 앞에 있는 신토불이 민박집에 1일 숙박을 청한다. 아주머니께서 나 하나 재우는 데 큰방에 보일러를 때면 자신은 얼마 남지도 않는 장사를 하시게 된다고 썩 내켜하시지는 않는다. 허나 벌써 두 번이나 퇴짜를 맞고 여기 아니면 이제 더 이상 갈 곳 없는 내 사정을 이야기했더니 결국 묵어가라고 하신다. 내가 오늘 묵는 곳은 2층은 숙소로 사용하고 1층은 식당을 하는 민박집이다. 주인아주머니께선 감기에 걸리셔서 몸도 편치 않으신데 저녁을 못 먹은 나를 위해 압력솥으로 밥을 해주시고 김치찌개까지 끓여 주시는 것이 아닌가. 너무 미안하면서도 감사했다. 정성스럽게 차려 주신 꿀맛 같은 저녁을 먹고서 2층 민박집으로 들어 간다.

잠자리를 깔고 장롱 서랍에 깔려있던 신문을 재미있게 읽다가 잠들었는데 나중에 알고 보니 2년 전 신문이었다.

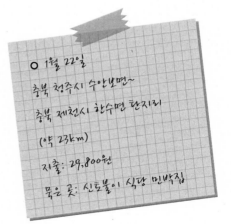

○ 1월 22일
충북 청주시 수안보면~
충북 제천시 한수면 탄지리
(약 23km)
지출: 29,800원
묵은 곳: 신토불이 식당 민박집

1월 23일 ~ 1월 24일

충청북도 충주시 ~ 제천시

1월 23일 월요일 / 맑음

봉화재를 넘어 청풍면으로

민박집 옆으로 자리하고 있는 거대한 충주호 때문에 추울까봐 지레 겁을 먹고 보일러 온도를 높게 설정해놓았다. 따뜻하게 잘 잤으면 비싼 기름 소비한 보람이라도 있을 텐데, 이건 따뜻한 것을 넘어 너무 뜨거워 결국 잠만 설쳤다. 보일러 온도를 낮추고선 다시 자보려 뒤척여도 잠이 오지 않아, 책을 읽고 지도를 보다가 6시 즈음 다시 스르르 잠에 든다.

다시 일어났을 땐 이미 동이 훤히 튼 이후였다. 길을 나서기 전 페인트가 벗겨진 낡은 철제 수통과 고장 난 랜턴 등 불필요하게 부피를 차지하는 짐을 버린다. 지금까지의 여정을 함께 해온 물건을 정리하자니 아쉽지만 그렇다고 쓸모없이 부피만 차지하는 것들을 계속 들고 다닐 수도 없는 노릇이다.

여행안내지도에는 간밤에 묵었던 민박집 주변이 토종음식단지로 지정되어 있다고 한다. 정말 주변에 식당이 몇 군데 보이기는 하는데, 먹으러 올 만한 손님이 없는 곳이어서인지 아침을 파는 곳은 없어 아침을 굶는다.

어제 주인아주머니께서 1시간 정도 가면 식사를 할 만한 식당이 있을 거라고 하셔서 다시 그곳을 목표로 부지런히 걸었으나, 정오를 넘겨 도착한 식당은 문이 굳게 닫혀 있고 이후로는 식당은커녕 사람 사는 마을조차 잘 나오지 않는다. 결국 점심 끼니때를 넘길 때까지 아무것도 먹지 못하고 걷다가 쓰러져 가는 주유소 매점에서 초코바 한 개와 물을 사서 미숫가루를 타 먹는 걸로 아침 겸 점심을 해결한다.

잘 먹지는 못했지만 끼니도 해결했겠다 잠시 한숨 돌리면서 오늘의 여정을 보니 이곳부터 오늘의 목적지인 청풍면소재지까지는 약 28km가 남았다. 하루 평균 30km 정도를 걷는 내 속도로는 해가 지고도 한참을 더 가야 도착할 수 있는 거리다. 허나 지름길이 있다는 사전지식이 있어 주유소 사장님께 물어보니 역시나 신현마을에서 봉화재를 넘어서가는 길이 있다고 하신다.

다행히 얼마 지나지 않아 봉화재를 넘어가는 지름길을 찾을 수 있었다. 길은 아스팔트가 아닌 콘크리트로 포장되어 울퉁불퉁하고, 폭은

차 한 대가 겨우 지나갈 정도인데, 어쩌나 이리저리 갈리는 곳이 많은지 제대로 된 길이 어디인지 갈피를 잡기가 어렵다.

처음엔 차량 한 대 정도는 지나 갈 수 있는 길이었는데 지금 걷는 길은 차량이 다닐 수 없을 정도로 좁다. 뭔가 길을 잘못 들었다 싶지만 되돌아가기엔 이미 너무 많은 길을 와 버렸다. 결국 봉화재 정상에 있는 SK텔레콤 기지국까지 올라오니 길이 끊겼다. 너무 많이 와버렸다고 생각한 그때 돌아갔다면 더 좋았으련만. 중도에 잘못 온 것을 알고도 여태까지 올라온 것이 아까워 포기하지 못한 콩코드의 오류를 범해 버렸다. 비록 길을 해매면서 1시간가량을 허비 했지만 지름길로 든 덕에 결국에는 3시간가량을 절약할 수 있었다.

봉화재를 넘어 다시 돌아온 82번 지방도로도 역시 산악도로다. 양 옆으로 산과 물이 펼쳐져 있고 차량 통행도 많지 않으며 길이 고요해서 마음은 편안하지만 마을도 잘 없고 굽이진 길을 돌면 또 다시 굽이진 길이 끝없이 이어지는 것이 산악도로의 특징이다. 차량이 많은 도로에서 시달리는 것보다 걷기는 좋지만 이런 도로는 오래 걸으면 지루한 것이 단점이다.

오늘은 최고 기온도 영하인데 걷는 길은 고도도 높고 산속인데다가 충주호를 끼고 있다 보니 매우 춥다. 덜덜 떨며 언제 끝날까 싶은 지루한 도로로 몇 시간을 걷자 드디어 기다리던 청풍면소재지에 도착한다. 청풍면에는 충주호유람선 선착장과 번지점프, 인공암벽 등이 있는 청풍랜드, 높이가 162m나 달하는 수경분수, KBS, SBS촬영장 및 청풍문화재단지 등 많은 볼거리들이 있다. 덕분에 숙박할 수 있는 곳도 많고 지역 복지도 잘 되어있다. '정보화마을'이라는 기치를 내건 청풍면답게

° ° 봉화재를 넘은 후. 청풍나드리 마을에 있는 소

° °산맥 사이로 보이는 충주호의 아름다운 풍경

복지관 내에는 누구든지 이용할 수 있는 컴퓨터실이 있다. 덕분에 복지
관에 들어가 오래간만에 컴퓨터를 하며 친구들 미니홈피도 구경도 하
고 내 소식도 적어둔다.

또 주변에 KBS, SBS 촬영지가 있다 보니 촬영팀들이 자주 온다고 홍
보해놓은 식당들이 많다. 1인분의 식사만 주문해도 될 곳이 어디 있을
까 이곳저곳 물색하다가 괜찮아 보이는 식당을 찾아 들어간다. 이곳
에서 유명하다는 민물 회덮밥을 시켜먹는데 식당 주인이 양도 푸짐하
게 주시고 가격까지 깎아 주
셔서 너무 감사하다. 결국 아
침, 점심도 제대로 못 먹고 고
생했지만 저녁을 맛있게 먹고
깔끔한 여관식 민박집에서 오
늘의 고단한 일정을 마무리
한다.

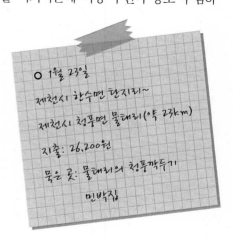

O 7월 23일
제천시 한수면 탄지리~
제천시 청풍면 물태리(약 23km)
지출: 26,200원
묵은 곳: 물태리의 청풍깍두기
민박집

충청도의 마지막 관문, 제천시

추위 그리고 바람과 싸우며 걷는 일이 많이 피곤했던지 무려 12시간 이 넘도록 자버렸다. 출발을 하기 위해 부랴부랴 씻고 짐을 챙겨 나왔 지만 결국 늦은 아침을 먹는다.

민박집을 떠나 조금 걸었더니 충주댐 건설로 인해 충주호에 수몰된 지역들의 문화재 및 생활도구들을 모아놓은 청풍문화재단지가 나타난 다. 입장료를 내고 들어가 수몰역사관과 유물전시관을 둘러보니 충주 댐 건설로 인해 수천 명의 사람이 고향을 꿈속에서나 볼 수 있게 됐다 는 사실이 좀 더 실감나게 느껴진다. 호수 바닥에 여전히 있을 도로나 집들을 생각하면 마음이 아프지만 한편으론 신비롭다.

청풍문화재단지를 나선 후, 청풍대교를 건너 82번 지방도로인 청풍 명월로를 따라 걷는다. 아직도 주변엔 호텔을 비롯해 호반의 카페와 숙 소들이 많이 보인다.

청풍면을 떠나 금성면으로 접어드는데 구불구불한 언덕길 한편으로 웬 소가 따뜻한 햇빛아래 엎드린 채 되새김질을 하고 있다. 나를 멀뚱 멀뚱 바라보길래 다가가 쓰다듬었더니 그러건 말건 계속 양지바른 곳 에서 지푸라기를 되새김질한다. 그렇게 태평한 소를 보고 있자니 참 이 놈도 나만큼 여유로운 녀석이구나 하는 생각이 든다.

금성면으로 향하는 길, 기암괴석에 둘러싸인 언덕 정상에는 지은 지 얼마 되지 않아 깔끔한 금월봉휴게소가 있다. 헌데 아직 개장한 지 얼마 되지 않아 매점은 그 흔한 빵조차 들여오지 못했다고 한다. 결국 점심때를 한참 넘기고 나서야 금성면소재지의 농협 하나로마트에서 빵과 우유로 점심을 대신한다.

금성면소재지를 지나 제천 시내가 보일 때쯤 길옆으로 지적박물관이란 곳이 나타나서 한 번 들어가 구경해본다. 이 박물관은 40여 년간 지적에 종사하신 리진호 관장님께서 폐교를 이용하여 만드셨다고 한다. 사람에게 호적이 있듯 땅에도 지적이 있는데 이 지적을 관리하기 위해선 각종 측량기구들이 필요하다. 그 측량기구들의 시대별 변천사나 측량에 관한 각종 고서적, 전공서적, 그리고 각종 지적공부[8]의 변천사를 한눈에 볼 수 있게 해놓은 곳이 바로 이 박물관인 것이다. 지적이라는 것에 대해 문외한이었던 나는 덕분에 새로운 것들을 알 수 있었다.

박물관 안내원이 주시는 따뜻한 녹차를 마시고 박물관을 나서서 2시간가량 걸으니 드디어 제천 시내가 나타난다. 충북의 3개 시 중의 하나인 제천은 앞서 본 충주호 일대 관광지와 삼한시대부터 있었다는 아름다운 저수지 의림지, 박달도령과 금봉낭자의 애절한 사랑이야기가 전해지는 '울고 넘는 박달재'의 박달재, 그리고 병인박해의 발상지로 국내 천주교 성지 중 하나인 배론성지 등 볼거리가 많다. 더불어 중앙선과 태백선이 마주하는 곳이어서 유동인구 또한 많다. 덕분에 제천역 바로 앞에는 여인숙부터 모텔, 호텔에 이르기 까지 다양하고 많은 숙박

8) 지적을 기록해놓은 공적 장부

° °청풍문화재단지

2006.01.24 15:52

° °지적박물관

시설이 줄지어 있다. 본래는 오래간만에 시(市)에 온 기념으로 군 단위
에서는 보기 힘든 찜질방에서 자고 가려 계획했었으나 제천역 앞을 지
나다가 호객행위를 하고 계시던 할머니들께 잡혀 버렸다. 내 행색을 보
시더니 여행객인 것을 단번에 알아차리고서는 싸게 해 줄 테니 서로
자신들의 여인숙에서 묵어가라고 끄시는 것이 아닌가.

　찜질방은 싸고 씻기도 좋지만, 짐을 정돈하는 일이 어렵고 하루를 마
무리하며 일기를 쓰기도 불편
한 단점이 있으니 사실 나만의
공간이 있는 여인숙도 나쁘지
않다. 결국 1박에 만 원까지 해
주겠다고까지 하시니 여인숙으
로 잠자리를 정하고 오늘 일정
을 마무리한다.

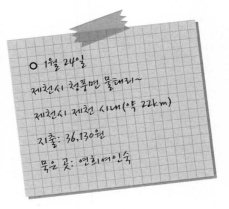

○ 1월 24일
제천시 청풍면 물태리~
제천시 제천 시내(약 22km)
지출: 36,130원
묵은 곳: 연희여인숙

#03

강 원 도

1월 25일 ~ 2월 9일

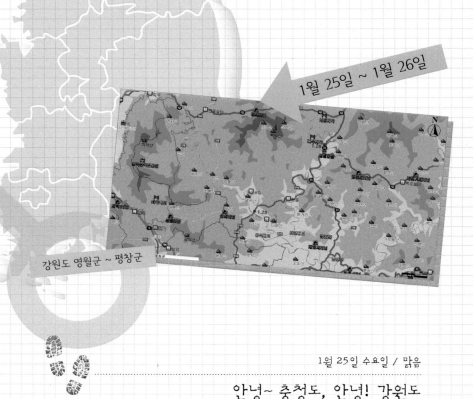

1월 25일 ~ 1월 26일

강원도 영월군 ~ 평창군

1월 25일 수요일 / 맑음

안녕~ 충청도, 안녕! 강원도

기름값이 점점 치솟는 바람에 많은 집들이 기름보일러를 연탄보일러
나 화목보일러로 바꾼다고 한다. 사실 들어올 때는 몰랐는데 어젯밤
짐을 부리고 세면장으로 가다가 창고 옆의 연탄난로를 보고 이곳도 연
탄으로 난방을 한다는 것을 알았다. 허나 미닫이문의 창호와 문틈 사
이로 스며들어오는 냉기를 방에서 멀찌감치 떨어진 연탄난로의 미지근
한 온기로 막기는 역부족이다. 결국 밤 내내 이불을 둘둘 감고 덜덜덜

떨다가 잠도 제대로 못 자고 이
른 출발을 한다.

　제천시도 규모가 상당히 크
다. 의림동의 명륜대로와 의림대
로 교차점 사거리에 갔을 때엔
서울의 시가지와 비슷하여 무의
식중에 지하철 입구를 찾아 두
리번거릴 정도였다. 제천시를 지
나면 앞으로 여정에서 시 단위

°°충청북도를 벗어나 강원도로!

지역은 속초시 하나만 남았으니 이 북적거리는 분위기를 조금 더 즐겨
야겠다.

　그 커보이던 제천 시내도 1시간가량 걸으니 끝나 버리고 한전의 거대
한 변압소를 끝으로 한적한 시골길이 나타난다. 길은 여전히 82번 지방
도이지만 앞서 왔던 청풍명월길처럼 푸른 상록수와 바위로 뒤덮인 산
악 지형이 아니라 활엽수잎이 다 져버려 갈색빛으로 물든 황톳길이다.

　한적한 황톳길로 접어든지 얼마 지나지 않아 제천의 명물, 황기국수
로 유명한 송학면의 주막길이 나온다. 헌데 웬걸, 3개 정도의 식당이 있
는데 한 곳은 폐업했고 다른 두 곳은 국수를 판매하지 않는단다. 1인
백반 밥상은 차려 주실 수 있다는데, 아침으로 김밥을 먹은 지 얼마 안
된 때라 밥을 먹기엔 좀 부담스럽다. 시간도 어중간하고 앞으론 밥을
먹을 수 있을만한 마을도 없는 마당에 마침 황기국수가 유명한 마을이
나온 것이고, 그저 국수로 간단한 요기만 하려 했던 것이었기 때문에
아쉽지만 식당 앞 슈퍼에서 빵과 우유로 끼니를 때우고 걷는다.

　이후 송학리의 자그마한 마을을 하나 더 지나고 나니 드디어 이번 여정의 대미를 장식할 강원도로 입성한다. 강원도의 경계에 서니 마음이 벅차다. 아직 갈 길은 남았지만 강원도에 도착했다는 성취감과 자신감에 힘이 솟아난다.

　돌아보니 여행을 시작한 지 자그마치 한 달이 지났고 지금까지 전라남·북도와 충청북도, 경상북도를 지났으며 총 500km이상을 걸어왔다.

　당찬 걸음으로 들어선 영월에서 강원도의 맥과 힘이 느껴지는 금마

° °주천면 주천샘 표지석

리의 독립만세상을 지나자 오늘의 목적지인 주천이 보인다.

　주천(酒泉)면 이름의 유래는 상당히 흥미롭다. 주천 강을 넘으면 망산 밑자락에 술이 솟았다는 샘물이 있는데 『신증동국여지승람』에 기록되기로는 이 샘에서 누룩으로 뜨지 않은 자연 그대로의 술이 나왔다고 한다. 양반이 오면 약주가 나오고 천민이 오면 탁주가 나왔는데 한 천민이 양반 복장을 하고 와서 약주가 나오길 기다렸으나 약주는 나오지 않고 탁주가 나오자 화가 나서 샘터를 부셔버렸다고 한다. 그 이후로는 더 이상 술이 아닌 맑고 찬 샘물이 나온다고 전해진다. 그 사람 참. 성질 한 번만 추슬렀으면 나처럼 지나가는 나그네가 시원한 술 한 모금에 갈증을 싹 잊고 길을 마저 갈 수 있었을 텐데. 안타깝다. 아무튼 이곳의 원래 마을도 '술내'였다가 한자 표기 이후에 술 '주'자에 내 '천'자로 표기되어 주천이 되었다고 한다.

　주천에 도착하니 오후 4시. 시간적 여유가 많이 있어서 숙소를 정하고 짐을 정리한다. 상주에서부터 지금까지 모았던 지역 소개서 및 여행 안내서, 지도 등의 여러 가지 지역 자료들도 정리한 후 우체국에 들러 집으로 부친다. 꽤 많은 부피를 차지하던 여행자료 들이 없으니 짐이 한결 가벼워진다.

　택배를 부치고 면소재지 이곳 저곳을 구경한다. 저녁으로는 갈비탕을 먹고, 숙소로 돌아와 간만에 침대에 누운채로 과자를 먹으면서 TV를 보다가 잠이 든다.

○ 1월 25일
충북 제천시 제천시내~
강원도 영월군 주천면(약 20km)
지출: 36,700원
묵은 곳: 다래장모텔

1년 만에 다시 돌아온 평창

　모텔을 나와 아침을 먹기 위해 주천면의 시장을 향한다. 오늘은 주천의 장날. 모레부터는 구정 연휴가 시작이기 때문에 5일마다 장을 서는 주천은 오늘이 명절 전 마지막 장날이다. 이런 날은 소위 말하는 '대목장'이라 평소보다 장이 더욱 크게 열린다.

　시장엔 각종 생필품부터 먹거리, 향기로운 과일, 알록달록 장난감들이 진열되어 있다. 넉넉한 여유로움 속에 분주함이 있는 시장의 분위기가 좋아 아침을 뭘 먹을까 곰곰이 생각하며 이곳저곳 두리번거린다. 그런데 갑자기 걷는 길옆에서 펑 하는 폭발음이 나를 후려친다. 나도 모르게 "으악!" 소리를 내지르며 뒷걸음 질 치는데 뻥튀기를 기다리시던 할머니들께서 나를 보시며 배꼽이 빠지라 웃으신다. 거참 외지에서 이런 식으로 어르신들께 큰 웃음을 드리는구나. 쑥스러워서 후다닥 시장을 나와서는 아침을 먹기 위해 식당을 찾아 들어간다.

　식당에서 따끈한 소머리국밥으로 든든히 배를 채우고는 다시 오늘의 목적지인 평창 읍내를 향해 부지런히 걷는다. 마을 끝 연탄이 잔뜩 쌓여있는 연탄 매립지를 지나 1시간가량 걸으니 구불구불하고 좁다란 산길 끝에 널따란 평지가 평창강을 따라 펼쳐진다.

평창강과 만난 이후 첫 마을인 판운에 들어서자 자그마한 슈퍼가 나타난다. 빵으로라도 점심 요기를 하기 위해 들어갔으나 워낙 자그마한 마을에 자그마한 슈퍼다 보니 빵은 팔지 않는단다. 꿩 대신 닭이라고 밤맛 만주 2개와 우유 하나로 점심끼니를 대신한다.

이후 이어지는 길 주변으로는 펜션들이 많이 있다. 지금 내가 걷는 이 길은 공기도 맑은데다가 인적도 뜸하고 앞으로는 평창강의 맑은 물이 뒤로는 높지 않은 산들이 있어 펜션을 짓기엔 안성맞춤이다.

내일 모레면 구정 연휴인데 설 안으로 국토 종단을 끝내신다던 지리 선생님은 어디까지 가셨나 궁금하다. 연락을 해 보니 아직 마치지는 못하셨지만 양양까지 가셨단다. 현재 내 위치와 상황을 알려 드리자 대화를 지나서는 모릿재로 빠져서 갈 것과 설경이 숨 막힐 정도로 아름다우니 설악산을 돌아가지 말고 꼭 넘어서 가라는 등의 여러 가지 조언을 해 주신다. 이렇게 같은 때에 같은 길을 걷는 여행 동료가 있으니 혼자 걷고 있지만 든든하다.

도돈리에 들어서면서 나흘간 따라 걷던 82번 지방도를 벗어나 31번 국도로 접어든다. 충주에서 처음으로 82번 지방도에 들어섰을 땐 차가 없는 호젓한 산길이 좋았으나 계속 산만 이어지다 보니 나중에는 지루하다. 이렇게 한가한 산길도 좋지만 돌아보면 다양한 사람들을 만나고 인연을 맺을 수 있었던 길이 가장 기억에 남는다.

31번 국도로 갈아타고 평창강을 따라 2시간가량 걷다보니 드디어 평창읍이 나타난다. 읍 앞으로 흐르는 평창강 위로는 붉은색의 멋진 다리가 놓여있고 평창의 슬로건 해피 700 평창이라는 문구와 함께 평창의 캐릭터 눈사람이 반짝반짝 불빛을 내며 한층 멋을 돋운다. 평창의

° °평창읍 초입에 있는 다리

슬로건 'HAPPY700'을 다시 보니 작년 강원도 도보 여행이 생각난다. 12월 말, 10대의 마지막 날을 뜻 깊게 보내기 위해 또 20대의 첫 태양을 의미 있게 맞이하기 위해 원주에서 강릉까지 강원도를 도보로 걸어갔었는데, 그 당시에도 이곳 평창을 지나서 갔었다. 여행 마지막 날 강릉에서 만난 관광안내소 직원 분께 HAPPY700의 뜻을 물어보니 사람 살기에 가장 좋은 고도가 700m 정도인데 평창의 65% 이상이 고도가 700m 이상 되기 때문에 그런 슬로건을 내건다고 설명해 주셨다.

　1년 만에 다시 오는 평창은 설레면서도 편안하다. 읍내로 들어서자마자 무작정 평창군청을 찾아 들어간 후 직원 분에게 주변에 묵어갈 수 있는 찜질방이 있는지 물어본다. 지금 내가 가는 방향으로 20분가량만 더 가면 시설이 좋은 찜질방이 있다 길래 어둠이 깔렸는데도 불구하고 과감하게 읍내를 벗어나 걷는다.

평창 군청에서 깜깜한 어둠을 헤치고 얼마 걷지 않아 길 왼쪽으로 청성애원이라는 큰 레저단지가 나타난다. 단지 내에는 골프장과 사슴 농장이 있으며 그 옆으로는 찜질방 건물이 서있는데, 1층은 식당으로, 2, 3층은 각각 남탕과 여탕 그리고 4층은 공용 찜질방으로 사용할 수 있도록 설계해놓았다.

건강이라는 슬로건을 내건 이곳 청성애원 식당에선 바로 옆 사슴 농장에서 키운 사슴과 흑염소를 요리로 맛볼 수 있다. 너무 늦은 저녁이라 거창하게 먹기 부담스러워 미역국으로 때웠는데, 내일은 사슴육수와 사슴고기로 만들었다는 사슴 곰탕을 먹어봐야겠다.

식사를 하고선 건물 2층으로 올라와 나른하게 탕에 몸을 담그고, 4층에 있는 찜질방으로 올라와서는 엎드린 채 공책을 펴고 일지를 작성한다. 찜질방은 나만의 공간이 없는 탓에 사람들의 시선도 신경 쓰이고 불편하지만 꿋꿋하게 오늘의 일정을 정리하고선 공책과 팬을 머리맡에 두고 잠을 청한다.

O 1월 26일
강원도 영월군 주천면~
평창군 평창읍 후평리(약 30km)
지출: 18,100원
묵은 곳: 청성애원

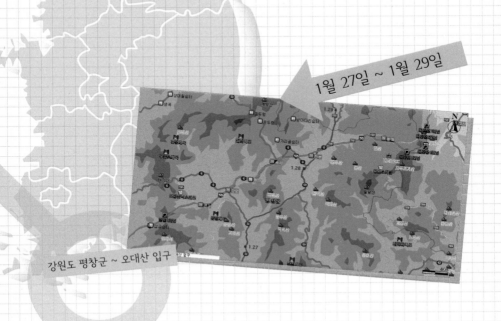

1월 27일 ~ 1월 29일

강원도 평창군 ~ 오대산 입구

1월 27일 금요일 맑음

너무 감사한 닭갈비집 아주머니

가격이 저렴하고 씻기 좋아 찜질방을 택했지만 잠자리가 여간 불편한 것이 아니다. 딱딱한 돌바닥에서 새우잠을 자자니 몇 번씩 깨고 설상가상으로 누군가 지금 내가 있는 토굴 문을 열어놓고 나가는 바람에 밤새 찬바람이 숭숭 들어온다. 그렇게 밤을 보내고 일어나자 머리가 지끈거리고 목까지 아프기 시작한다. 그 상태로 온탕에 들어갔더니 갑자기 현기증이 오고 숨이 가빠진다. 여태껏 건강엔 아무 이상이 없었는데 하룻밤을 잘못 자는 바람에 감기에 걸려 버렸다. 잘 먹으면 좀 나아질까 싶어서 목욕탕에서 녹용과 함께 달인 배 즙을 먹고 아침으로는 사슴 사골을 우려낸 곰탕을 먹는데 당장의 효과는 없어 보인다. 결국 여행 시작 이래 처음으로 아픈 몸을 이끈 채 목적지를 향해 출발한다.

찜질방을 나서서 평창강을 따라난 31번 국도를 얼마쯤 걷자 계속 같이해오던 강을 벗어난 오르막길이 시작된다. 언덕을 오르려니 한 겨울이지만 땀이 흐른다. 해발 470m의 이 고개의 이름은 뱃재(배째)인데, 마치 지금 막무가내로 집을 떠나 이 여행을 하고 있는 내 상황과 뚝심을 대변해 주는 것 같다.

뱃재를 넘어 방림면으로 들어서자 다시 길이 평창강과 만난다. 며칠 전까지 너무 산길로만 다녀서 인지 오르내리막이 많고 구불구불 하며 나무만 무성했는데, 지금처럼 강 옆이라 확 트이고 군데군데 마을이 있으니 훨씬 좋다.

˚˚평창의 뱃재

아침부터 계속 몸이 아파서 빨리 쉬고 싶은 마음이 간절한데 오늘의 목적지인 대화면까지는 아직도 멀었나 보다. 도저히 걸을 힘이 안 난다 싶을 때 들른 하안미사거리휴게소에서 컵라면을 하나 사 먹으니 좀 나아지는 것 같다.

방림면을 지나 대화면으로 들어오니 귀여운 강아지 한 마리가 쫓아와 내 앞에서 꼬리를 흔들며 반갑다고 폴짝폴짝 뛴다. 여행을 하다보면 강아지들과 많이 마주치는데 강아지들도 사람처럼 갖가지 성격을 가지고 있다.

보통, 사람들을 자주 접하는 지역의 강아지는 사람을 보면 잘 짖지 않는다. 특히 관광지 같은 경우는 사람들이 간식거리를 많이 주다보니 짖지 않을뿐더러 간식거리를 얻기 위해 재롱에 아양까지 부리는 강아지도 있다. 그런데 인적이 뜸한 산골 집에 사는 강아지들은 대개 보이지도 않는 먼 거리에서도 인기척만 느끼면 목청껏 짖어댄다. 또, 큰 도로변에 사는 강아지들은 차에만 익숙해져서 차들이 아무리 쌩쌩 지나다녀도 꾸벅꾸벅 졸다가 사람만 보면 잡아먹을 듯이 짖어 대기도 한다. 여행 중 강아지와 관련한 크고 작은 에피소드가 많이 발생하는데, 그만큼 많은 사람들이 강아지들을 삶의 반려동물로써 함께한다는 것을 알 수 있다.

몸이 아파서 그런지 대화면까지의 거리가 너무나 멀게 느껴진다. 결국 간신히 걸어 도착한 대화면소재지에서 만사 제쳐두고 여관을 하나 예약한 뒤 짐을 푼다. 아스피린 한 알을 털어 넣고 그대로 침대에 누워 푹 자려 했으나 한 시간가량이 지나자 너무 허기가 지는 바람에 잠에서 깬다. 한숨 자고 나니 몸이 좀 나아진 것 같아 오는 길에 봐둔 여관

근처의 닭갈비집을 향한다.

식당에 들어서서 1인분은 안 판다는 닭갈비를 조르고 졸라 1인분 가격만 지불하고 2인분 어치를 먹는다. 주린 배를 채우려고 허겁지겁 먹고 있는데 때마침 집에서 전화가 온다. 아주머니께서 통화 내용을 들으시더니 여행 중이냐고 물어보시길래 지금 해남에서부터 국토종단을 하는 중이고 거의 한 달 가량 걸려서 지금 이곳에 왔다고 하니, 대단하다면서 덤으로 공기 밥과 사이다도 주신다. 밥을 먹으며 주인아주머니와 여행 이야기를 나누고 나니 아주머니께서 식사값은 안 받으시고 오히려 내일 모래가 설인데 세뱃돈인 셈 치라며 빳빳한 새 돈까지 주신다. 아무래도 자기 아들만한 아이가 여행한답시고 고생하고 있으니 안쓰러우셨나 보다. 계속 사양했으나 극구 받아가라고 하시기에 결국 밥도 먹고 돈까지 받아서 나오는 우스운 상황이 되어버렸다.

아주머니께 감사의 인사를 드리고 숙소로 돌아와 짐을 정리하고 아스피린 한 알을 또 털어 넣고 잠이 든다. 참 고마우신 분을 만나 뜻하지 않은 행운을 얻었다.

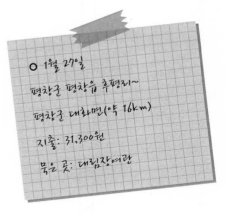

ㅇ 1월 27일
평창군 평창읍 후평리~
평창군 대화면(약 16km)
지출: 31,300원
묵은 곳: 대림장여관

1월 28일 토요일 / 맑음
지난 추억의 교차로에서

　오늘 아침은 무얼 먹을까 고민하며 덜 깬 잠에 취해 느릿느릿 짐을 싼다. 좋은 분을 만나 밥도 잘 먹고 아스피린 약발도 좀 받아서인지 몸이 한결 낫다.

　주섬주섬 짐을 싸고 있는데 닭갈비집 주인아주머니가 아침을 먹으러 오라며 연락을 해 오신다. 어제 밥을 얻어먹고 그냥 가기가 뭐해서 연락처를 드렸었는데 이렇게 다음날 바로 연락을 주신 것이다. 너무 신세지는 것 같아도 일부러 내 아침을 차려 주신다는 걸 사양하자니 예의가 아닌 것 같아 짐을 꾸려 식당으로 향한다.

　가게에 들어서니 아주머니는 벌써 보글보글 김치찌개를 끓여 놓으셨다. 내가 밥을 굶고 갈까 봐 걱정되셨단다. 아침을 먹으며 아주머니께 오늘은 모랫재를 넘어 진부까지 갈 예정이라 설명 드리니 그쪽으로는 몇 시간을 가도 민가가 없다고 한다. 덕분에 점심 먹을 만한 곳이 마땅하지 않을 것이라면서 내가 아침을 먹는 사이에 삶은 계란 5개와 주먹밥 3개를 싸 주시는 것이 아닌가. 이렇게 정 많고 따뜻한 분들을 만나는 것도 여행의 큰 행운과 행복이다.

　아침을 먹은 후, 나중에 다시 찾아뵙겠다는 약속을 남기고 다시 길을 떠난다. 남북으로 난 31번 국도를 1시간가량 걷다가 평창강의 지류 대화천을 따라 난 6번 군도로 갈아탄다. 6번 군도 중간에 위치한 모릿재는 13도의 경사를 가진 가파른 고개로 대화와 진부의 경계를 가른다.

왼쪽으로 흐르는 대화천과 앞으로 펼쳐지는 2차선의 좁고 고요한 산길이 너무 아름답다. 뒤를 돌아보니 지금 껏 내가 올라온 구불구불한 길이 아래로 길게 펼쳐진다. 정상에 다다르자 400m에 달하는 모릿재 터널이 나타난다. 이번 여행 중 5번째로 지나는 터널이다. 무주에서 만났던 선생님께서 앞서가시면서 지난번처럼 터널에 먼지를 지워서 국토 종단을 한 흔적을 남겨두셨다. 일자를 보니 나보다 5일이나 앞서 이 길을 지나가셨다. 선생님과 비교해 보면 난 너무 느리게 걷는 것 아닌가 싶지만, 난 비교적 여유가 많으니까 천천히 나만의 호흡으로 여행을 즐기며 나아가련다.

모릿재 터널을 지나고 보니 점심때가 홀쩍 지났다. 주변에 마땅히 앉아 쉴 곳이 없어서 도로변 토사 방지턱에 앉아 아주머니가 싸 주신 주먹밥을 꺼내 먹는다. 밥을 먹는 내내 아주머니께 감사한 마음을 지울 수 없었다. 이 길은 민가도 드물고 가게라고는 전혀 찾아 볼 수 없는데, 아주머니의 세심하신 배려가 아니었다면 오늘 점심은 굶었을 것이다.

가파른 내리막길을 얼마동안 조심조심 내려가니 서서히 민가가 나타난다. 띄엄띄엄 있는 집들은 자그마한 규모에 맞지 않게 여러 대의 차들이 세워져 있고 굴뚝에선 연신 흰 연기가 솟아오른다. 그리고 보니 내일이 바로 구정. 타지로 나가 있던 자녀들이 부모님을 뵙기 위해 모인 덕에 도로변 작은 기와집들이 모두 북적거린다. 가족들이 많은 집들은 차를 도로의 갓길에 까지 주차해놓았다. 이런 민족적인 명절에

°°모랫재에서 먹는 맛있는 주먹밥

난 여행한답시고 타지에서 혼자 돌아다니고 있으니, 부모님께 조금 죄
송하다.

고개를 넘는 사이 사라졌던 강줄기가 어느새 다시 모습을 드러냈다.
강릉부사의 총애를 받던 명기 청심이 정절을 지키기 위해 뛰어 내렸다
는 정자 청심대를 지나 1시간 즈음 걷다보니 익숙한 진부면 시가지가
보인다. 이곳 진부는 작년에 강원도를 서에서 동으로 가로지르는 여행
을 했을 때에도 거쳤던 곳으로 이번 국토종단 코스와 작년 강원도횡단
코스가 교차하는 지점이다. 나에게는 작년 강원도도보 횡단의 추억이
있는 곳이므로 오늘 하루는 이곳에서 묵어가기로 한다.

이곳 진부는 용평스키장에서 얼마 떨어지지 않은 곳이라 평창의 다
른 곳에 비해 상당히 번화했다. 덕분에 묵어 갈 수 있는 모텔이나 여관

° °평창군 진부면의 청심대

이 많이 있고 더불어 유흥주점도 많이 있다.

오늘도 저렴하게 묵어 갈 수 있는 숙소를 찾기 위해 이곳저곳 찔러보다가 시내 외각에 있는 서울장이라는 여관에서 2만 원에 재워준다길래 오늘의 숙소로 정한다.

구정 연휴다 보니 TV에서 재미있는 프로그램이 많이 나온다. 간만에 침대에 누워 늦은 시간까지 여러 채널을 돌려보다가 잠이 든다.

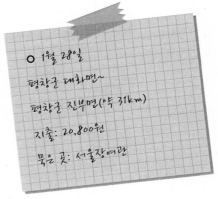

○ 1월 28일
평창군 대화면~
평창군 진부면(약 31km)
지출: 20,800원
묵은 곳: 서울장여관

강원도에선 꼭 산나물 요리를 드세요

TV를 보다 늦게 자버리는 바람에 평소보다 늦게 숙소를 나선다. 어제 숙소에서 나가기가 귀찮아서 점심때 다 못 먹은 주먹밥과 삶은 계란 몇 알로 저녁을 때웠더니 허기가 진다. 일단 허기를 채우기로 하고 숙소를 나오자마자 아침을 먹을 곳부터 찾는다.

오늘은 음력 설. 주변에 24시 편의점과 슈퍼 한두 개를 제외 하고는 진부면의 대부분 식당과 베이커리가 문을 닫아 버려 아침을 먹을 만한 곳이 없다. 장사 하는 곳이 한두 군데는 있겠지 하는 생각에 구석구석을 뒤지다가 마침내 터미널 근처에서 제법 큰 산채정식집이 열려있는 것을 발견한다. 산채정식은 강원도의 별미 중 하나인데, 이렇게 먹을 수 있는 기회를 얻은 덕에 신이 나서 산채백반을 주문한다.

안 그래도 여행 중에 비타민 섭취가 부족하다 싶었는데 각종 비타민이 풍부한 나물 무침이 20가지 가량 차려져 나온다. 각 나물마다 달콤하면서도 고소하고 쌉쌀하면서도 향긋한 특징들이 있는데 그 향이 어우러지면서 내는 맛 또한 일품이어서 밥 한 그릇을 뚝딱 하고 나서도 남은 나물들을 다 먹어 버렸다.

설을 이곳에서 쇠는 사람들을 제외하곤 모든 사람이 다 고향으로 떠나다 보니 진부 시가지가 마치 전란상황에 피난 떠난 곳 마냥 횅하다.

그렇게 썰렁한 시내를 벗어나니 작년 이맘때쯤 지나 익숙한 6번 국도가 나타난다. 이 길을 또 걷자니 지난 여행의 추억이 떠올라 뭉클하면서도 아련한 전율이 느껴진다.

오대산 입구가 나타나며 이젠 작년에 걸었던 길과도 이별을 한다. 동시에 나흘간 나와 함께했던 평창강과도 이별하고 이제 으리으리한 오대산 호텔 옆으로 난 아름다운 숲길로 접어든다.

길을 따라 들어와 진고개 초입에 도착해서는 하루를 정리하기위해 묵어 갈 곳을 찾는다. 진고개를 넘으려면 백두대간을 가로질러야하기 때문에 체력을 비축해 두었다가 내일 하루 종일 고개를 넘어야 한다.

허나 진고개 입구 주변에도 묵을 만한 곳이 보이지 않는다. 가장 가까운 곳이 446번 지방도로를 따라 월정사 쪽으로 들어가면 있는 민박

°°오대산 호텔

촌인데 다음날 되돌아 나오려니 그 곳도 그다지 내키지 않는다. 고민 끝에 우선은 민박 촌에서 하루를 묵고 남은 시간동안 진로를 다시 고민해 보기로 한다.

도착한 진부면 동산리 민박촌에는 많은 민박집이 있지만 대부분 오늘 설을 쇠러가 집이 비었거나 비지 않은 집은 대부분 종갓집이다 보니 내가 묵어갈 만한 방이 없다. 결국 이 동네 사정을 잘 알고 있을 지역 주민에게 물어보기 위해 산수명산이라는 식당에 찾아가 문의 드렸더니 여러 곳과 통화를 해보시더니 묵어 갈 곳을 소개해 주신다. 다행이다.

민박이라 좋은 시설은 기대하지 않았는데 하룻밤 묵어가기에 꽤 괜찮은 곳을 구했다. 짐을 부리고 낮잠을 한숨 잔 후, 다시 아까 집을 소개해 주신 산수명산식당을 찾아가 산채비빔밥을 시켜 먹는다.

역시 이곳도 산채전문식당이다 보니 산채비빔밥이 정말 맛있다. 너무 맛있어서 밥공기 뚜껑에 붙은 몇 톨 안 되는 밥알까지 다 긁어 먹었는데도 아쉬운 기분이다. 산채비빔밥, 역시 강원도의 대표 음식답다. 밥을 맛있게 먹고 나니 주인아저씨께서 직접 담그셨다는 산 머루주를 한 잔 내어 주신다. 든든히 배를 채우고 머루주로 입가심을 하고 나니 이건 마치 신선이 된 기분이다.

저녁 식사 마친 후, 숙소로 돌아와 내일 진로를 고민하다가 짧은 일정이었던 오늘을 마무리한다.

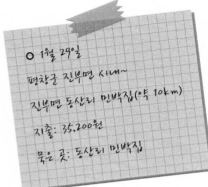

ㅇ 1월 29일
평창군 진부면 시내~
진부면 동산리 민박집(약 10km)
지출: 35,200원
묵은 곳: 동산리 민박집

1월 30일 ~ 2월 1일

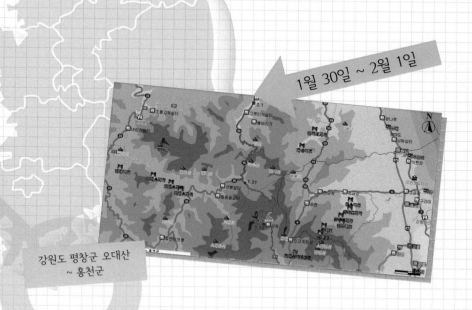

강원도 평창군 오대산
~ 홍천군

1월 30일 월요일 / 맑음

위대한 우리 문화재, 월정사에 묵다

현재 위치에서 최북단 통일전망대를 향해 가는 길은 2가지다. 6번 국
도를 따라 진고개를 넘는 길과 446번 지방도로를 따라 상원사 쪽으로
가는 길인데 어느 길을 선택하느냐에 따라 이후의 진로가 크게 달라짐
으로 여러 가지로 고민을 해본다. 어느 길을 택하건 다음 목적지까지
많은 시간이 소요될 것 같으니 일단 일찍 민박집을 나서고 더 고민해
보자.

어제 저녁을 먹었던 식당 산수명산에서 아침을 먹으며 본래 계획했던 진고개로 가지 않고 훨씬 힘들지만 월정사를 거쳐 가는 446번 지방도로로 가기로 결정한다. 마을을 떠나 오대산에 들어서니 월정사 사찰의 시작임을 알리는 문인 일주문이 나타난다. 모든 절은 모든 중생이 자유롭게 절을 드나 들 수 있도록 일주문에는 문짝을 달지 않는다고 하는데 월정사 일주문도 역시나 문짝이 없다.

일주문에서 월정사까지 1km가량 이어지는 길은 높이 솟은 전나무를 지나는 숲길이다. 운치 있고 낭만적으로 조성된 이 길은 천천히 경치를 즐기며 걷기에 안성맞춤으로 조성되어 있다.

사철 푸른 침엽수로 이루어진 터널을 지나 월정사에 도착한다. 월정사는 규모가 상당히 큰 절로 불보, 법보, 승보 같은 삼보를 전시 해놓

° °월정사 일주문

은 성보 박물관을 비롯하여 국보 48호 팔각 구층 석탑 및 대웅전이 있다. 월정사 성보 박물관에서 국보 제292호 상원사중창권선문과 우습기도 하고 무섭기도 한 탱화들 그리고 사리함, 불상같은 각종 유물들을 관람하고 절 구석구석을 둘러보니 출출해져 점심공양을 드린다.

공양소에서는 공양을 드리고 난 식기는 자신이 직접 씻어야 하는데, 나 같은 여행자는 다른 사람들과 따로 그릇을 씻어야 하는지 싱크대 위에 '여행자'라는 팻말로 구분해놓았다. '속세를 떠나서 사시는 분들이라 그런지 나 같은 객지 사람들과는 그릇을 씻는 것도 구별해놓았구나'라고 생각하며 설거지를 마친 후 돌아서자 반대편 싱크대 위에는 '남행자'라는 팻말이 붙어 있는 것 아닌가. 참 황당하기도 하고 쑥스럽기도 하여 부랴부랴 공양소를 나선다.

˚ ˚아름다운 전나무 숲길

˚ ˚국보 48호 팔각구층석탑과 적광전

° °월정사 공양소   ° °446번 비포장 지방도로. 탱크도 필요한 제한속도 준수

　승려들의 사리와 유물을 모셔둔 월정사 부도군을 지나자 눈이 녹아 질척질척한 비포장도로가 이어진다. 음력 1월 2일이다 보니 새해 참선을 드리기 위해 많은 차량들이 상원사를 찾아 이 도로를 지나는데, 덕분에 지나가는 차량들이 튀긴 흙탕물에 온통 옷을 버린다.

　계곡 옆으로 난 비포장길을 따라 3시간가량을 올라오니 세종대왕께서 목욕을 할 때 의관을 걸어 두셨다던 대관걸이와 함께 휴게소, 그리고 상원사 주차장 및 찻집이 나온다. 내일은 하루 종일 산길로 가야하기 때문에 마지막 보루인 이 휴게소에서 초코바와 음료수를 구입하여 내일 먹을 식량을 비축해 둔다.

　상원사로 가기 전 꼭 가보려고 했던 한강 발원지 우통수는 길이 얼어버린 탓에 갈 수 없어 아쉬움을 뒤로 한 채 상원사로 향한다.

　상원사는 월정사의 산내 암자임에도 불구하고 규모가 크고 뜻 깊은 유물도 많으며 명성 또한 대단하다. 그중 유서 깊고 재미있는 유물로는

° °관대걸이

° °국보 36호 상원사 동종

현존하는 동종 중 가장 오래된 국보 36호 상원사 동종과 기도하러 온 세조를 암살하려는 자객을 찾아 낸 고양이를 기리기 위한 고양이석상, 그리고 세조가 친견한 이후 병이 나았다는 문수보살을 기리기 위해 제 작한 국보 제221호 문수동자상 등이 대표적인 유물이다.

상원사를 둘러 본 이후 다시 등산로를 따라 적멸보궁 방향으로 1.5km를 걸어 월정사의 말사(末寺) 중 하나인 중대사에 도착한다. 중대 사는 최근에 다시 지어진 사찰로 적멸보궁에 모신 부처 진골사리에 불 공을 드리러 온 사람들이 하룻밤 편히 묵어 갈 수 있도록 시설이 잘 되어있다.

오늘이 정월 초하루 다음날이다 보니 기도를 드리러 온 사람들이 너 무 많아 20평 남짓한 숙소는 만 원이다. 굉장히 난감하지만 일단 숙소 구석에 짐을 부려 놓고는 흙투성이가 된 옷도 빨 겸 세면장으로 내려 간다. 중대사는 세면장 시설도 아주 잘 되어 있다. 첩첩 산중에 어떻게 이런 절을 지어 놓았는지 절로 감탄이 나온다. 샤워 시설은 물론이고 드럼 세탁기까지 비치되어 있어 내친김에 밀린 빨랫감을 한 번에 몰아넣고 세탁기를 돌린다.

　세면과 빨래를 마치고 돌아오니 마침 사찰의 기도 시간이다. 사람들이 기도를 드리기 위해 자리를 비운 때에 옆 사람들 매트를 조금씩 밀어내고 문 바로 앞에 겨우 한 자리를 차지한다. 그렇게 겨우 한 자리를 차지했으나 새벽에도 기도를 드리기 위해 다니시는 분들과 단체로 오셔서 술을 드시곤 숙소에서 고성방가를 일삼는 분들로 인해 결국 새우마냥 자던 잠마저도 잘 자지 못한다.

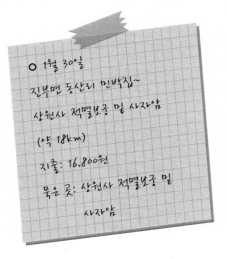

O 1월 30일
진부면 동산리 민박집~
상원사 적멸보궁 밑 사자암
(약 18km)
지출: 16,800원
묵은 곳: 상원사 적멸보궁 밑
　　　　사자암

대설주의보 속에 홀로 오대산을 넘다

간밤에 많은 눈이 내렸다고 수근 거리는 대화가 잠결에 들려온다. 오늘은 산을 하나 넘어가야 하는데 눈이 많이 왔다니 힘들겠다.

문 앞에서 자다보니 새벽 기도를 드리는 사람들에게 치여서 잠은 거의 못 자다시피 하고 결국 5시쯤 일어나 세면을 하고 아침 공양을 드린다. 잠결에 눈 때문에 가스가 도착하지 못해 아침 공양을 못 드린다는 말을 듣고 걱정했는데 다행히 잘못된 정보였다.

이곳 중대사에서 부처님의 사리[9]를 모셔 놓은 적멸보궁까지는 1.5km. 적멸보궁까지 이르는 길은 정월 초하루부터 보름동안 기도를 드리는 사람들이 많이 다니기 때문에 스님들이 폭설에도 길을 잘 닦아 놓으셨다.

그러나 적멸보궁부터는 아무도 가지 않은 산길이 이어진다. 눈은 이미 발목까지 쌓였는데 계속해서 내리고 있다. 부모님께서는 걱정되시는지 전화통화로 오늘부터 강원지방에 대설주의보가 내렸으니 절대 산

---

9) 성자의 유골이나 오랜 수행을 한 스님들을 화장했을 때 나오는 작은 구슬을 일컫는데, 부처님의 사리가 모셔진 우리나라의 대표적인 적멸보궁은 양산의 통도사, 오대산 상원사, 설악산 봉정암, 사자산 법흥사, 태백산 정암사, 이 다섯 군데이다.

°°부처의 진골 사리를 모셔둔 적멸보궁

은 넘지 말라 하신다. 그러나 아이젠과 스패치[10], 고어텍스 우의와 스키 장갑으로 완전 무장한 나는 '젊다는 건 두려움을 모른다는 것'이라는 생각에 눈길을 헤치며 오대산 정상을 향해 발을 내딛는다.

아무도 걷지 않은 하얀 설원을 처음으로 간다는 생각에 가슴이 뛰지만 온 산이 백설로 뒤덮인 탓에 길을 분간하기가 쉽지 않다. 갑자기 정말 이렇게 혼자 가다가 조난당하면 아무도 날 못 찾겠구나 싶은 생각에 덜컥 겁도 난다. 떠온 물은 꽁꽁 얼어 버려 마실 물조차 없는데 발은 푹푹 빠지다 보니 속도도 나지 않고 점점 지쳐 간다.

젖 먹던 힘까지 쥐어짜서 4시간가량 눈길을 헤쳐 오르자 드디어 오

---

10) 눈이 신발과 발목 사이로 들어가는 것을 막기 위해 정강이와 신발을 감싸 두르는 방수천.

° °아무도 걷지 않은 오대산의 눈길

° °종아리까지 빠질 정도로 눈이 내린 등산로

대산 정상인 비로봉에 도착한다. 정상에 도착했다는 기쁨을 느낄 사이
도 없이 나를 삼켜버릴 듯 내리는 폭설과 날려버릴 듯 불어오는 바람
에 정신이 아뜩해 지지만 증거 사진은 하나 남기고 가자는 생각 간신
히 정신을 추스르고 셀프타이머로 비로봉에서의 증명사진을 남긴다.

사진을 찍고 보니 디카에 눈이 들어가 고장이 나 버렸다. 이런 혹한
의 상황에서 전자기기를 사용한 것은 잘못이었으나 이제는 앞으로의
여정을 사진으로 남길 수 없다니 그 대가가 너무 크다. 덕분에 망연자
실하여 몸에 힘이 빠지고 고장 난 카메라에 대해서는 화도 난다.

비로봉을 지나서부터는 다행히 내리막길이라 올라오는 길보다는 힘
이 덜 든다. 다만 올라올 때와 마찬가지로 모두 눈으로 뒤덮여 있다 보
니 어디가 길인지 분간할 수가 없다. 겨울 산행을 혼자 해서는 안 되는

° °오대산 최정상 비로봉　　　　　° °눈 속에 파묻힌 446번 지방도로

이유는 길을 잃어 조난당할 확률은 높은데 조난을 당해도 내 자취는 모두 눈에 덮여버리고 나 이외에 나의 위험을 아는 사람은 없기 때문이라고 한다. 이 순간 그 상황이 어떻게 벌어질 수 있을지 충분히 느껴진다.

내리막길이라 속도가 나는가 싶었는데 다시 오르막길이 나타나면서 오대산에서 3번째로 높은 봉우리 상왕봉이 나타난다. 시간을 보니 해가 뜨기 전에 출발했는데도 채 5km도 못 오고 점심때를 훌쩍 넘겨 버렸다. 비상식량인 초코바 2개와 그저께 얻은 누룽지로 점심 끼니를 때우며 얼마간 더 걸어 내려오자 드디어 산길을 벗어나 다시 어제 걸어 올라왔던 446번 지방도로가 나타난다.

넓은 도로지만 눈이 너무나 많이 온 탓에 작은 짐승의 발자국은 있어도 이 길을 먼저 간 사람의 흔적은 하나도 없다. 눈이 무릎까지 빠지는 길을 따라 걷고 있자니 천상에서 구름 위를 걷는 느낌이 이런 것 아닐까 싶다. 정말 이곳은 백설로 뒤덮인 또 다른 별세계다.

눈을 해치며 한참을 내려오는데 어디선가 인기척이 나타난다. 도대체 이런 극한의 상황에 나 아닌 어떤 다른 사람이 이 길을 걷고 있는 것일까? 상대방도 이런 상황에서 사람을 만날 예상을 못한 듯 깜짝 놀란 눈치다. 알고 보니 아까 지나친 북대사 미륵암에 있는 스님 두 분께서 산책을 나오셨다가 나를 만난 것이다. 스님들께서는 내가 밥을 굶고 지금까지 오고 있다고 하자 장비는 프로급인데 밥을 챙겨 먹지 못하는 것을 보니 아직은 미숙한 여행객이라 하신다. 그렇게 두 분은 나와 잠시 대화를 나누며 동행하다가 어느 지점에 다다르자 오던 길을 돌아 홀연히 절로 돌아가신다. 호젓한 풍경이 '혹시 내가 잠시 동행했던 스님 두 분이 신선이 아니었을까?' 하는 우스운 생각을 들게 만든다.

아래로 내려다보이는 경치는 정말 아름답다. 그림 같이 펼쳐진 길이 구불구불 이어지고 사방은 고요해 정말 다른 세계에 온 것 같은 기분이 든다. 지금 걷는 길은 눈이 장딴지까지 찬다. 눈을 해치며 10시간가량을 걷다보니 속도도 나지 않고 체력도 떨어져 탈진 직전이다.

길은 도대체 가도 가도 끝날 기미가 보이지 않는다. 아름다운 경치를 완상하는 것도 좋지만 탈진 할 정도로 걷다 보니 그저 빨리 이 길이 끝나기만을 바라게 된다. 한참을 걸어 어둑어둑 해질 때가 되니 명개교라는 다리가 나타난다. 다리를 보니 너무나 반갑다. 멀지 않은 곳에 분명 마을이 있을 것이기 때문이다. 아니나 다를까, 잠시 후 개와 함께 산책을 하고 있는 주민을 만난다. 그리고 또 바로 산책 중이던 3명의 관광객과 마주친다.

산책 중이시던 3명의 관광객은 귀농을 알아보기 위해 서울에서 오셨다고 한다. 다음 카페 원원자유인을 운영하고 계시다는 아저씨께서는 나만큼 여행을 좋아하시는 분이다. 꾼은 꾼을 알아본다고 내 행색을 보시고는 동병상련의 정을 느끼셨는지 오늘 마땅히 묵어 갈 곳이 없으면 자신들이 예약해둔 민박집에서 같이 묵어가자고 하신다. 그러시고는 일단 자신들이 내가 지나온 다리까지만 다녀올 테니 들어가 따듯하게 있으라면서 차키를 내주시는 것이 아닌가. 처음 만나는 사람인데도 선뜻 차 열쇠까지 빌려주시니 이건 뭔가 통하는 인연이구나 하는 생각이 든다.

내면 매표소에서 난로를 쬐며 일행을 기다리다가 다시 그 분들을 만나 함께 민박집으로 들어선다. '오늘은 좋은 분들을 만난 덕에 싸고 편안히 묵어갈 수 있겠다' 싶어 쾌재를 부른다.

하루 종일 굶주렸던 탓에 민박집 주인아주머니께서 차려 주시는 저녁을 정말 게 눈 감추듯 허겁지겁 먹어 치운다. 맛깔 나는 생선 식해와 시원한 동치미로 차려진 저녁 밥상을 비우고 입가심으로 오대산 막걸리까지 한 사발 마시고 나니 긴장이 풀리고 온몸이 노곤해 진다.

주린 배를 채우자 민박집 주인아주머니께서 구성진 입담을 늘어놓으신다. 산삼을 캤던 이야기부터 자기 민박집 자랑까지 어디까지가 허구이고 어디까지가 진담인지는 모르겠으나 중간 중간 들어가는 육두문자와 정감어린 말투가 너무 재미있어서 배꼽 빠지게 웃으며 저녁을 보냈다. 그렇게 고됐던 하루를 마무리 하고나서는 따뜻한 황토방에 이불을 깔고 눕자, 눕기가 무섭게 곧바로 꿈나라로 빠져든다.

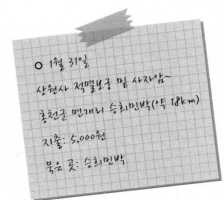

O 1월 31일
상원사 적멸보궁 밑 사자암~
홍천군 먼개리 승희민박(약 18km)
지출: 5,000원
묵은 곳: 승희민박

흰 눈꽃이 아름다운 구룡령을 넘다

"이런 제기~ 젊은 놈이 일찍 일어나서 눈이라도 좀 치워야지 제일 늦게까지 자빠져 자고 있네!" 걸쭉한 주인아주머니의 욕을 들으며 아침을 맞이한다. 어제 너무 무리한 까닭에 깊이 잠들어 버린 것이다. 내가 정신없이 자고 있는 사이에도 바깥세상은 계속 눈이 내려 온통 하얗게 물들었다.

어제 저녁처럼 이곳에 모인 사람들 모두 다 둘러 앉아 맛있는 아침을 먹고서는 다시 각자의 출발을 준비한다. 혹시나 싶어 카메라를 켜보니 밤사이 수분이 다 증발해서 다시 작동이 잘 된다. 앞으로 어떻게 사진을 찍나 걱정했었는데 천만 다행이다.

아저씨께서 다 함께 모인 사진을 찍어 주신다. 하룻밤 사이에 정이 들어 헤어지는 것이 너무 아쉽다. 극구 안 가져가겠다고 해도 아저씨 아주머니들께서 여행하면서 먹으라고 밥이랑 김치 등을 싸서 잔뜩 주신다. 결국 배낭에 도저히 들어 갈 곳이 없어서 몰래 민박집에 두고 나온다.

간밤에 눈은 더 많이 내렸다. 아이스 체인을 채운 아저씨 차와 나 모두 눈길을 조심하면서 느린 속도로 각자의 길을 떠난다.

아직도 이어지는 446번 지방도로. 30분가량을 내려가니 명개리 정류

° ° 홍천군 내면 명개리의 승희민박에서　　　° °구룡령 정상휴게소와 산림전시관

장에 하루에 한 대 있다는 양양군행 버스가 지나간다. 어떻게 이 험한 길을 넘어 왔는지 모르겠다.

40분가량을 걷자 드디어 466번 지방도로를 벗어나 양양군으로 향하는 56번 국도로 접어든다. 주머니에 넣어 둔 건빵을 먹으면서 제설작업이 채 끝나지 않아 질척질척한 도로를 걷는다.

아침에 듣기로 영동지방에 폭설로 인해 많은 산간 도로가 마비됐다는데 여기 구룡령길 또한 마비 상태다. 덕분에 차량통행이 없어 걷기 좋은 내 세상이 되어 버렸다.

3시간가량을 걸어 1013m 구룡령 정상에 다다르자 멋들어진 휴게소와 산림전시관이 나타난다. 헌데, 전시관을 구경하러 들어서자 야생동물 보호 차원에서 운영을 하지 않는다는 것이 아닌가. 이럴 거면 왜 예산을 낭비해가며 전시관을 지었나 하는 생각도 들고 또 운영하지 않을 때 오는 야생동물 보호효과는 무엇인지도 모르겠지만 속초-양양을 오가는 많은 사람들로 부터 야생동물을 보호하려 했다니 운영하지 않는 것에 대한 변명 이었을 지라도 그 취지만은 좋다고 생각한다.

구룡령을 넘어 양양으로 가는 길 아래로 펼쳐진 풍경은 하얀 눈꽃으로 뒤덮여 마치 천국을 걷는 기분을 느끼게 해 준다. 아름다운 길을 따라 감상에 젖어 걷고 있는데 멀리서부터 요란한 기계 소리가 나는가 싶더니 잠시 후 제설 작업차량들이 큰 소음을 내며 줄을 지어 지나간다.

이곳 구룡령의 도로 제설 작업은 큰 차량 2대가 큰 제설 삽을 달고 대량으로 쌓인 눈을 도로변으로 훑어 버리고 그 뒤에 작은 차량이 아스팔트에 금속성 불꽃을 튀겨가며 나머지 눈을 싹 긁어 가는 방식으로 진행된다. 그리고 나서는 흙을 가득 실은 덤프트럭 위에서 인부들이 도로에 흙을 뿌리고 나면 웬만한 차량들은 충분히 고개를 넘을 수 있도록 제설 작업은 마무리된다.

구룡령을 따라 걸은 지도 몇 시간째. 점심때가 훌쩍 지났는데도 쉬어가기로 계획한 갈천은 나올 기미가 보이질 않는다. 평상시 같으면 충분히 도착하고도 남을 거리인데도 구불구불한 산악도로이다 보니 속도가 나질 않아 지금껏 도착하지 못했다. 아침에 아주머니가 싸준 밥을 놓고 온 것을 후회 하며 주린 배를 움켜쥐고는 계속 걷는다.

4시 즈음 되니. 드디어 갈천에 도착한다. 커다란 모텔과 함께 식당, 민박집과 휴게소 등이 많이 있어 신이 난다. 허나 웬걸, 정작 가게들은 모두 영업을 멈춘 상태. 연 이틀 내린 눈으로 산 깊숙이 위치한 이 동네는 기능이 완전히 마비되어 버렸다. 모텔 주인은 아예 모텔을 비웠고 식당들은 손님이 올 거란 생각조차 하지 않아 음식을 준비해 두지 않았거나 아예 가게 문을 닫아 놓은 상태다. 춥고 배고픈 것이 완전 거지

꼴이다.

그러나 이곳 갈천부터 이어지는 길에는 간간히 마을이 있어서 완전히 나무와 숲만 보며 길을 걸을 때보다 훨씬 덜 지루하다. 그 길을 따라 깊은 산 속에 위치한 미천골 자연휴양림 입구를 지나자 드디어 영업 중인 식당이 나타난다. 바쁘게 미닫이문을 열고 들어가 명개리부터 아무것도 못 먹고 걸어 왔다고 하자 주인할머니께서 딱하다며 한상을 푸짐하게 차려주신다.

주인할머니께 오늘 묵어 갈 곳이 필요하다고 주변에 싸고 괜찮은 곳 없냐고 여쭤보니 직접 싸고 시설 좋은 곳 소개 시켜 주시겠다며 주위 민박집에 전화를 하신다. 1인이면 4만 원까지 해 줄 수 있는 집이라는데 너무 비싸다. 2만 원 내외로 자려면 읍내까지는 나가야 한다는데 양양읍까지는 20km. 거의 반나절은 잡고 걸어야 하는 거리다. 밖을 보니 이미 해는 서산 너머로 지고, 하늘엔 금가루 같은 별들이 떠있는데 반나절이나 걸어야 한다니 큰일이다. 읍까지 가는 막차는 일찌감치 끊겼고 길은 질척이는 눈 때문에 다니는 차 한 대 없어 히치를 할 수도 없는 상황이지만 2만 원을 아끼기 위해 양양까지 가기로 결심하고 암흑 속으로 발을 내 딛는다.

고요한 길을 걸으며 하늘을 올려다본다. 아침에 내리던 눈은 그치고 구름이 걷혀 맑은 하늘엔 수많은 별들이 내 안으로 쏟아져 들어 올 듯이 빽빽이 박혀 반짝인다. 양양까지 가보자는 굳은 결심을 하고 걸은 지 1시간 남짓, 서림리로 들어오자 다시 큰 마을이 나타나고 다행히 민박집도 여러 군데 보인다.

굳이 양양까지 가자면 갈 수 있겠지만 랜턴이 비치는 곳을 제외한 곳은 온통 암흑에 휩싸여있는데다가 아까부터 자꾸만 어둠 속에서 희미한 형상도 보이는 것 같고 오른쪽으로 흐르는 계곡 소리도 너무나 무서워서 늦은 밤이지만 결례를 무릅쓰고 눈에 띄는 민박집마다 찾아가 2만 원에 재워달라고 떼를 써 본다.

몇 번의 시도 끝에 서림민박의 인상 좋으신 주인아저씨께서 흔쾌히 재워 주시겠다고 하신다. 어떻게 이 암흑 속에서 공포를 견디며 양양까지 가야 하나 걱정했었는데, 다행이다.

민박집은 시설도 깔끔하고 난방도 아주 잘 된다. 잠시 후 주인아저씨께서 다시 오시더니 귤, 바나나, 곶감 그리고 내일 아침으로 먹으라며 라면에 김치, 부탄 버너까지 주시고 가신다. 이런 골짜기에 늦은 밤 숙소도 없이 여행하는 내가 안쓰러웠던 것이다. 정말 좋은 숙소를 얻어 너무 감사하다.

○ 2월 1일
홍천군 면개리 승희민박~
양양군 서면 서림리
(약 34km)
지출: 25,000원
묵은 곳: 서림식품 민박

2월 2일 ~ 2월 6일

강원도 속초시 설악산

2월 2일 목요일 / 쾌청

38선을 지나 설악산 입구로

　리모델링한 지 얼마 되지 않은 민박집이라 난방 시설 및 단열이 잘 되어있어서 따뜻하게 잘 잤다. 내 방 옆에 설치된 보일러가 작동하는 소리를 들으며 자는데, 2만 원에 난방비나 나왔을까 싶어 죄송스럽다. 어제 주인아저씨께서 주신 각종 과일과 라면으로 아침 끼니를 때운 후 다시 출발을 한다.

　민박집을 나서는 순간 맑고 쾌청한 공기 사이로 따사로운 햇볕이 내리쬔다. 하늘은 언제 그 많은 눈이 내렸냐는 듯이 구름 한 점 없이 맑은 쪽빛 하늘이 펼쳐져있다.

이곳 서림리 일대는 인진쑥이 많이 나기 때문에 주변 민가 대부분이 인진쑥 가공을 하고 있다. 인진쑥으로는 주로 엿이나 환을 만들어 파는데 거의 가내 수공업 식으로 제작한다. 마을 앞으로는 후천 계곡이 흐르는데 물이 너무나 맑고 경관이 뛰어나서 마을은 대부분 민박도 겸하여 하고 있다.

자그마한 상평초등학교 서림 분교를 지나치자 얼마 후 위도 38°선을 지난다. 38°선을 나타내는 비석 뒤편에는 평화통일이라는 글이 새겨져 있다. 그 자리에서 지도를 펴보니 국토의 서쪽으로는 이미 개성을 지나친 지점이다. 여기서 정서쪽으로 며칠만 걷게 되면 개성이 나온다는 것인데, 너무나도 멀게 느껴지는 북한이 너무 가까이에 있다는 느낌에 순간 전율을 느낀다.

° °위도 38°선

38°선을 지나고 나니 얼마 후 송천떡마을이 나온다. 마침 점심때도 되었는데 사시사철 떡메 치는 소리가 끊이지 않는다는 송천떡마을에 서 끼니를 때우자는 생각에 마을에 있는 떡 가게에 들어가 떡을 먹는 다. 떡을 전문으로 만드는 마을이라 그런지 역시 다른 곳 떡과 다르게 맛에 깊이가 있다.

떡을 먹고는 용소골 계곡을 따라 1시간가량 걸었더니 서서히 바람에 바다 내음새가 실려 온다. 이대로 계속 걷는다면 오늘 중으로 양양의 낙산 해수욕장에 도달할 것이다. 그러나 44번국도의 갈림길에 다다른 나는 편안하고 경치 좋은 해안도로가 아닌 남설악 쪽으로 난 44번 국 도로 발걸음을 내딛는다. 바로 이번 여행에서 두 번째 난코스가 될 설 악산 대청봉을 넘기 위해서다.

오색리의 남설악 매표소에 발도장을 찍기 위해 그 유명한 한계령을 오른다. 구불구불 난 산악도로엔 차량, 그것도 대부분 대형 관광버스

˚˚설악산 국립공원

들의 이동이 많아 걷기가 참 불편하다. 조심조심 걸어서 설악산 국립
공원에 들어서니 서서히 민박집과 식당들이 나타난다. 인적이 뜸하다
보니 민박집과 식당의 개들이 나를 보고는 시끄럽게 짖어 댄다. 성질나
서 눈뭉치를 뭉친 후 냅다 집어 던지자 짖던 놈이 한 대 맞고는 깜짝
놀라서 도망가기는 것 같더니 뒤돌아서 더 짖어댄다. 강원도 강아지의
뚝심과 깡, 정말 대단하다.

바람불이 식당 앞을 지나는데 이번엔 아까와 반대로 강아지 한 마리
가 계속 나를 따라온다. 인도도 없고 대형 차량이 많이 다녀 위험한데
주인이 부르는 소리에도 아랑곳하지 않고 내 발 밑에 드러누워 꼬리까
지 흔들며 아양과 재롱을 떤다. 멀리서 부르다 지친 주인이 나보고 강
아지를 한 대 냅다 쳐달라고 하신다. 엎드려 꼬리치는 강아지 엉덩이를
한 대 찰싹 때리자 그제야 강아지는 깽 소리를 내고 주인을 향해 도망
간다. 그러나 내가 좋다고 아양을 떠는 강아지를 때리고 나니 마음이
아프다.

그렇게 구불구불한 한계령을 따라 자그마한 오색초등학교를 지나자
얼마 후 마침내 오색약수터 입구에
도달했다. 이곳까지 발도장을 찍어 놓
고선 내일이나 모래쯤에 한 번 들르
겠다는 친구를 마중 나가기 위해 버
스를 타고 양양읍의 낙산 해수욕장
으로 내려와 찜질방에서 하룻밤을
묵는다.

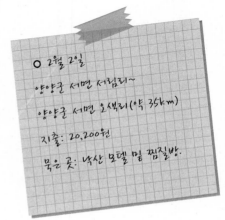

○ 2월 2일
양양군 서면 서림리~
양양군 서면 오색리(약 35km)
지출: 20,200원
묵은 곳: 낙산 모텔 밑 찜질방.

2월 3일 금요일 / 맑음

하루간의 휴식, 재충전

이제 40일가량 걸어 온 여행도 끝이 보인다. 설악산을 넘기 전 체력을 비축해두고 휴식도 취할 겸 하루 동안 낙산해수욕장의 모텔에서 겨울바다를 바라보며 하루간의 휴식을 즐긴다. 지난번 영암에 있을 때도 오겠다고 하다가 취소한 친구 녀석이 이번에도 온다고 해놓고선 또 못 오겠다고 한다. 오면 설악산을 함께 넘을까 했었는데 아쉽다.

O 2월 3일
지출: 32,800원
묵은 곳: 수평선 모텔

˚ ˚아름다운 겨울 동해바다

의상대 일출과 색다른 오색온천 체험

하루 동안 푹 쉬고선 일출을 보기 위해 새벽같이 일어난다. TV에는 국내외 여러 가지 대소사들이 방영되고 있는데 별안간 한 소식이 잠을 확 깨워버린다. 바로 오늘 대관령의 수은주가 영하 23.5℃를 기록한다는 것과 체감온도가 영하 40℃에 육박할 것이라는 기상예보였다. 오늘은 24절기 중 첫 절기인 입춘. 봄의 문턱에 들어선다는 이때에 올 겨울 최고 혹한이라니. 거기다가 여기는 바닷바람 때문에 다른 곳 보다 더 추울 텐데 일출을 보려면 단단히 준비해야겠다.

옷은 바람 한 톨 들어 갈 수 없도록 꼭 껴입고서 얼굴도 눈을 제외한 모든 부위를 스키 마스크로 덮는다. 주말이라 그런지 일출이 아름답기로 유명한 낙산사 의상대에는 꽤 많은 관광객들이 이 추위를 뚫고 이른 아침부터 나와 있다. 의상대에서 바라보니 동해바다는 벌써 붉은 기운이 수평선을 물들이고 있었다.

추위를 애써 참으며 일출을 기다리기를 20분 즈음, 수평선 위로 붉은 점 하나가 나타나더니 하늘을 물들이며 서서히 커지기 시작한다. 그렇게 온 바다와 하늘을 붉게 물들인 태양빛이 서서히 붉은 빛을 잃고 눈 시린 백색 빛을 발하자 온 세상이 밝아진다.

일출이 끝나고 낙산사를 둘러보니 2005년 4월에 발생한 산불로 인해

2006.02.04 07:42

˚ ˚의상대에서 바라본 일출

숲은 물론 건물까지 초토화되어 버린 상태였다. 우리나라의 소중한 문화재가 이렇게까지 불타버렸다니 가슴이 아프다.

숙소로 돌아와 잠깐 눈을 붙이고는 버스를 타고서 양양 읍내로 향한다. 양양 시외버스터미널에서 그저께 발도장을 찍어뒀던 오색까지 가기 위해서다. 터미널에 도착하니 마침 양양 5일장이 섰다. 매월 4, 9일에 장을 서는 양양 5일장은 아주 분주하고 역동적인 분위기이다. 시장에는 동해안답게 각종 생선과 미역, 김 등 어패류를 파는 노점상들이 많이 보인다. 나는 이렇게 흥정도 할 수 있고 말만 잘 하면 덤도 얹어주는 시장이 좋다. 뭔가 시장은 사람이 붐벼도 여유가 있으며 정이 많고, 사람 사는 멋이 있다. 나도 시장에서 생과자를 한 근 산 이후 그저께 발도장을 찍었던 오색까지 다시 버스로 이동한다.

오늘 중으로 설악산에 오르는 것
은 무리일 것 같아, 오색에 숙소 하
나를 정하고서 남은 시간 오색 주변
지역을 돌아본다. 우선 오색에 오면
꼭 맛봐야 할 오색약수를 위해 10
분여 거리에 있는 약수터로 향한다.
오색약수에는 철분과 탄산이 녹아
있어 톡 쏘는 맛을 가진 것이 특징
인데, 마시면 그 톡 쏘는 맛이 속까

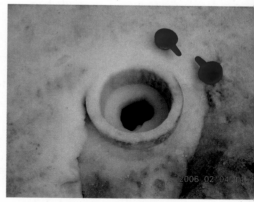

°°철분과 탄산이 함유된 오색약수

지 시원하게 한다. 이후 그린야드 호텔에 와서 국내 유일의 다목적 복
합 온천이라는 오색 온천을 즐긴다. 입장료는 약간 비싸지만 온천은 정
말 끝내준다. 탕의 종류도 다양하고 크기도 매우 크지만, 무엇보다 알
칼리성 온천수탕과 약산성의 탄산수로 이루어진 탕이 동시에 존재한
다는 점에서 특별하다. 알칼리성 온천수에 몸을 담갔다가 다시 산성의
탄성수로 들어가면 중화반응이 일어나는데, 27℃의 차가운 탄산수에서
도 몸이 후끈해진다. 호텔은 이 온천에서 하는 목욕이 신경통이나 근
육통, 류머티스성 질환 등에 특히 좋다고 홍보하고 있다.

온천을 마치고 온천 앞 식당에서 양양의 특
산물 자연산 송이로 끓인 해장국을 먹는다. 자
연산 송이를 산지에서 직접 먹으니 향이 더욱
깊다. 식사를 마치고는 숙소로 돌아와 내일부
터 넘게 될 대청봉을 기대하며 잠이 든다.

O 2월 4일
지출: 42,400원
묵은 곳: 오색 용천장

설악산 대청봉을 오르다

아침부터 부지런히 준비를 하고서 오늘 넘을 설악산을 바라본다. 2일 가량 푹 쉬어서 컨디션도 최적이고 따끈한 황태 해장국으로 속도 든든하게 채웠다. 오늘은 무리하지 않고 대청봉을 지나 중청 휴게소까지만 가기로 했다. 보통 4시간 정도면 오르는 코스인지라 여유가 있어서 아침 식사를 마친 이후 오색 약수터에 들러 0.5L 수통을 약수로 채운다.

10시 즈음 남설악 매표소에서 표를 끊고 등반을 시작하려는데 한 무리의 사람들이 내려온다. 인사를 하고 대화를 나눠보니 이분들은 새벽 2시에 설악동에서 등반을 시작해 대청봉을 넘어 이쪽으로 오시는 길이라고 하신다. 이 설악산은 이제 나 같은 도보 여행객은 그저 아마추어 등산객이 되어버릴 정도로 프로들이 많은 코스인 것이다.

스패치와 아이젠을 착용하고 은색 눈으로 뒤덮인 설악산에 발을 내딛는다. 이 곳 남설악 매표소에서 제1쉼터까지는 절벽같이 깎아진 급경사의 난코스이다. 숨은 턱까지 차올라 심장이 터질듯이 뛰지만 경사가 가파른 만큼 더 빨리 정상으로 갈 수 있으니 기분은 상쾌하다. 가파르게 솟은 바위를 올라 제1쉼터를 지나자 제법 길이 수월해 진다. 한숨 돌리며 주변을 둘러보자 은빛 봉우리들이 나를 중심으로 병풍처럼 빙 둘러싸고 있다. 발밑에 봉우리가 얼마 없는 것으로 보아 가장 높은 봉우리인 대청봉까지는 아직 갈 길이 멀다.

제1쉼터에서 설악폭포까지는 급하지 않은 오르막내리막만이 있어 수월하다가 설악폭포를 지나면 다시 약간 가파른 오르막길이 나타난다. 그렇게 부지런히 3시간 반 가량을 올라 주위를 돌아보니 이제 대부분 산봉우리들이 내 발 아래에 놓여있다. 설악산의 최고봉 대청봉도 얼마 남지 않은 것이다.

헌데 생각보다 대청봉은 빨리 나타나지 않고 대청봉인줄 알고 오른 봉우리들 마다 뒤통수를 치는 바람에 맥이 탁 풀려 버린다. 4시간이 지나고 떠온 물은 다 마신데다가 체력은 떨어지고 먹은 것이 없어 허기가 질 때 즈음 서서히 나무들이 사라지는가 싶더니 바위산의 위엄을 과시하며 하늘 위로 솟은 진짜 대청봉이 나타난다. 언제 지쳤었냐는 듯 신나게 뛰어 올라가자 정말 설악산의 최고봉인 해발 1705m 대청봉 비석이 떡 하니 놓여있다.

정상에서 내려다본 지상세계의 모습은 그야말로 천국에 온 듯 한 기분을 선사한다. 동쪽으로는 넓은 속초 시내가 한눈에 들어오고, 끝없이 펼쳐지다가 하늘과 맞닿은 동해바다가 그 뒤에 자리하고 있다. 반대편으로는 눈으로 뒤덮인 산봉우리들이 내 발 아래 물결을 치듯 이어진다. 태초에 하느님이 천지를 창조하시고 하늘에서 보실 때 좋았더라고 하신 말씀을 조금은 이해할 수 있을 것 같다.

경치를 완상하며 감상에 젖어 있자니 꼿꼿하게 날을 세운 바람이 살을 에일 듯한 기세로 나를 후려친다. 이대로 더 이상의 경치 감상은 힘들겠다 싶어 허기진 배와 감각이 사라져 내 것 같지 않은 손, 발 그리고 지친 몸뚱이를 끌고선 저 아래 보이는 중청 대피소로 향한다.

° ° 해발 1705M
대청봉 정상

° ° 서쪽으로 펼쳐진
능선들

° ° 속초시와
동해바다

°° 중청 대피소 숙소

대피소로 들어오자 밖의 살벌한 날씨와는 다르게 훈훈한 기운이 감돈다. 컵라면과 비스켓, 몽쉘통통으로 허기진 배를 달래고 4시부터 입실이 가능한 대피소 내의 숙소를 기다린다.

중청 대피소는 사전 예약제라서 미리 예약을 해 두어야 하는데 서울서 친구가 언제 올지 몰라 예약을 미루다가 결국 예약을 하지 못했다. 예약은 전날 오전 10시까지 홈페이지로 받는데, 예약을 못한 덕분에 대피소에서는 찬밥 대우를 받는다. 그래도 설마 이 추위에 산에서 자라고 쫓아내기까지야 하겠나 싶어 기다리니 다음엔 꼭 예약하셔야 한다며 나에게도 자리를 내어 준다.

군대 내무반 형식으로 이루어진 대피소에 한 장에 천 원을 받고 대여해주는 모포 2장을 깔고선 이른 시간이지만 피곤한 관계로 일찌감치 눈을 붙인다.

2월 6일 월요일 / 맑음

다른 일행과 함께한 아름다운 외설악

　내가 깨있는 것인지 자고 있는 것인지 분간할 수가 없다. 고물 히터 2개가 작동하고 있다지만 이 넓은 대피소 숙소에는 온기조차 불어 넣지 못하고 있다. 여행 둘째 날 잤던 냉방 못지않게 너무나도 춥다. 가져온 모든 옷을 껴입고 핫팩까지 뜯어서 허리에 차고 누웠는데도 몸만 누웠을 뿐 너무 추워 잠을 청할 수가 없다.

　대피소에 있는 사람들도 춥기는 마찬가지인가 보다. 여기저기서 짜증을 내고 욕설을 내뱉는데 그 소리가 귀에 거슬려 더더욱 잠이 오질 않는다. 그중 유난히 몇몇 분들이 큰소리로 욕설을 내 뱉는다. 잠이 들 만 하면 저쪽에서 "젠장 지금 새벽 1시인데 어떻게 아침까지 기다려! 추워서 잠도 못 자는데!" 하고 버럭 소리 지르는 바람에 깨고 또 잠이 드는 듯싶으면 이쪽 끝에서 큰 소리로 갖은 욕설을 내뱉어서 깬다. 모두 같은 상황에 있고 아래층에는 초등학교도 입학하지 않은 두 여자아이가 투정 한 번 부리지 않고 있는데, 어른이라는 분들이 왜 저리도 교양이 없는지 화가 난다. 하지만 화도 꾹꾹 참아 누르고 몸도 꾹꾹 구겨 웅크려 면적을 최소화하고서는 추위에 떨며 밤을 지새운다.

　결국 잠 같지도 않은 잠을 자고서는 새벽에 일어나 일출을 보기 위해 준비를 한다. 산 정상에서는 물을 구하기가 어렵다 보니 대피소는 물을 한 방울도 쓰지 않는다. 화장실도 수세식이 아닌 기포를 사용하는 푸세식 화장실이고 식수조차 없는 나는 세수는커녕 양치도 못해 기분이 찝찝하다. 그나마 손수건에 눈을 묻혀서 얼굴을 닦는 것으로 세수를 대신 하고는 어제 내려 온 길로 다시 대청봉까지 올라간다.

동트기 전 대청봉에서 내려다본 세상은 너무 아름답다. 속초시내에 가로등 빛과 네온사인이 너무나도 영롱한 빛을 발해 홀린 듯한 기분을 들게 한다. 다행히 어제와 같은 칼바람도 불지 않아 해가 뜰 때까지 쉽게 추위를 견딜 수 있었다. 그러나 구름이 뒤덮인 탓에 예정된 일출 시간을 넘겼으나 해 뜨는 모습은 보지 못했다.

어제 내려온 길을 다시 올라왔는데도 결국 일출을 보지 못하다니 아쉬움이 더하다. 다시 중청대피소로 내려와 전열을 가다듬고는 설악동 매표소를 향해 산을 내려간다.

1시간 즈음 내려갔을까 아까 대청봉에서 만났던 팀이 나를 따라 붙여 나도 자연스럽게 팀에 합류하게 되었다. 7명으로 이루어진 이 팀은 서울에 있는 이스라엘 교회 담임 목사님과 교인들이신데 담임 목사님이 산행을 좋아하셔서 이렇게 여러 교인들이 함께 산행을 왔다고 한다. 의도하지 않았지만 같이 대화를 나누며 내려갈 동행이 생기니 힘이 난다.

목사님을 위시한 몇몇 분들은 한눈에도 꽤 연세가 들어 보이는데 어찌나 기운이 넘치시는지 내가 모든 역량을 발휘해 쫓아가도 힘이 부친다. 일행들은 도중에 희운각 대피소에서 잠시 숨을 돌리며 과일과 우유로 요기를 하고는 다시 천불동 계곡의 아름다운 길을 따라 부지런히 설악동으로 내려간다.

　계곡을 중심으로 서있는 기암괴석이 마치 천 개의 불상이 늘어서 있
는 듯하다고 해서 이름 붙여진 천불동 계곡은 이어지는 비경들이 전율
을 느낄 만큼 아름답고 소름이 돋을 만큼 멋있다.　비경 중에는 유달
리 폭포들이 많다. 깎아지는 계곡 사이로 난 철제 계단을 따라 가다보
면 가장 먼저 천당폭포가 나타난다. '속세에서 온갖 고난을 겪다가 이
곳에 이르면 마치 천당에 온 것 같다'는 의미에서 이름 지어진 폭포라
고 한다. 예전엔 너무 험준한 계곡 끝자락에 위치해 있어서 일반 관광
객은 접근조차 할 수 없었는데 지금은 이렇게 철제 계단이 설치되어
있어 쉽게 그 아름다움을 감상할 수 있다.

　천당 폭포를 지난 후 얼마 못가 곧바로 다시 커다란 폭포 2개가 난
다. 바로 앞으로 보이는 것은 천불동 계곡의 양의 기운을 담고 있는 양

。。천불동 계곡에 설치되어 있는 철제 계단

폭포이고 안쪽으로는 음의 기운을 가진 음폭포다. 이곳에서 동시에 두 폭포가 만나 천불동 계곡의 양의 기운과 음의 기운사이에 조화를 이루고 있다고 한다. 폭포 앞쪽으로는 양폭 대피소가 있어 김밥과 라면 등을 팔고 있는데, 벤치와 식탁이 마련되어 있는 덕에 이스라엘 교회팀이 싸온 김밥과 과일로 다시 간단한 요기를 한다.

다시 계속되는 아름다운 계곡을 따라 5개의 폭포가 이어지며 떨어지는 오련폭포를 지나고 귀신 얼굴 형상을 하고 있다는 커다란 귀면암 바위를 지난다. 계곡에 이름난 명소뿐만 아니라 모든 풍경들이 하나하나 다 그 아름다움에 놀라 벌어진 입을 다물지 못하게 한다.

문수보살이 목욕을 했다는 문수담을 지나 비선대에 도착하자 이제는 식사를 할 수 있을 만큼 커다란 휴게소가 나온다. 뒤처졌던 일행까지 모두 내려오자 각각 어묵 한 그릇씩과 감자부침을 시켜먹고 이제는 잘 닦여 걷기 편한 공원길을 따라 설악동으로 내려온다.

이곳 설악동 등산로에는 눈꽃 축제가 한창이다. 등산로에는 얼음으로 만들어진 각종 동상들과 얼음 미끄럼틀, 이글루 등이 있어서 설악동 눈꽃 축제의 흥을 더해 주고 있다. 설악동 등산로 입구에 있는 절인 신흥사 앞에는 아파트 6층 높이에 달한다는 거대한 불상이 있는데, 이 불상을 지나 설악동 매표소에 도착하고 보니 겨우 오후 1시 반이 조금 지났다. 7시간 코스를 5시간 반 만에 내려온 것이다. 이렇게 동료가 있으면 속도도 나고 힘도 덜 든다.

이스라엘 교회 일행들은 입구에 대기하고 있던 승합차를 타고 속초 시내로 목욕을 하러 가신단다. 나도 같이 타고 가자고 하시는 걸 사양하고는 마지막으로 아쉬운 작별을 나눈다. 이렇게 오늘의 본래 목적지

° ° 오련폭포

인 설악동에 도착했으나 시간도 많이 남고 기운도 쌩쌩해서 10km 남
짓 되는 속초시내까지 나가기로 결심했다.

콘도, 호텔 등 숙소들이 밀집한 설악동을 나와서 610m 목우재 터널
을 지난다. 이번 국토종단에서 내가 지나는 5번째 터널이자 가장 긴 터

° ° 비선대

° ° 신흥사 통일불

널로 개통된 지 한 달도 채 안 돼 깨끗하고 내부 시설도 이제까지의 다른 터널과 달리 신식이다. 목우재 터널을 지나고 몇 분 못 걸어서 오른쪽 멀리 99 강원관광엑스포 기념탑이 보인다. 속초 시내가 멀지 않은 것이다.

청초천을 끼고 7번 국도를 따라 교동에 도착하니 6시가 채 안 됐다. 좋은 일행을 만난 덕에 힘도 덜 들고 평소보다 빠르게 도착할 수 있었다. 체력이 많이 남은 덕에 교동에서 발품을 팔아 시설 좋고 저렴하게 묵어 갈 수 있는 모텔을 구한 후 오늘의 일정을 마무리한다.

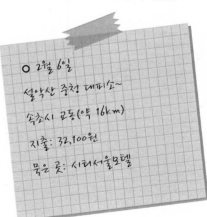

○ 2월 6일
설악산 중청 대피소~
속초시 교동(약 16km)
지출: 32,100원
묵은 곳: 시티서울모텔

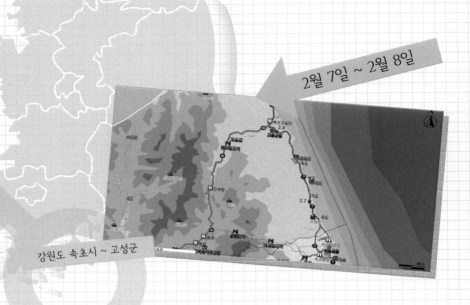

2월 7일 ~ 2월 8일

강원도 속초시 ~ 고성군

2월 7일 화요일 / 눈

처음과 끝의 만남

구미속초(狗尾續貂). 벼슬자리를 함부로 마구 주거나 쓸 만한 인격자가 없어 비열한 자를 고관(高官)에 등용함을 비유하여 이르는 사자성어이다.

대학 입시 수험생일 당시, 이 사자성어를 공부하고 참 재미있다고 생각했다. 학창생활을 하면서 서울을 벗어나면 가는 곳은 주로 고향인 구미와 여름휴가로 가던 속초였기 때문이다. 물론 실제 한자는 다르지

만 음이 같아 재미있게 익힐 수 있
었다.

여름휴가차 가족과 함께 자주 오
던 곳이다 보니 속초 시내는 나에게
상당히 익숙하다. 99년도에 강원 관
광엑스포를 열었던 속초는 강원도
전 지역의 여행 정보가 집약되어 있
는 종합 관광 안내소가 있는데 청초
호 옆에 우뚝 솟은 엑스포 타워를
찾아 걸어가면 쉽게 찾을 수 있다.
안내소는 강원도 지역마다의 특산
품과 관광 명소를 보기 좋게 정리해
놓아서 참고하면 강원도 여행에 많
은 도움이 된다.

˚˚ 속초 엑스포 타워

엑스포 공원 옆에 자리한 청초호에는 청둥오리들과 커다란 백로들이
무리를 지어 있다. 맑은 수질과 오염되지 않은 수초들 덕분에 청초호에
서는 다양하고 신기한 새들, 심지어 천연 기념물까지 볼 수 있는데, 그
모습이 도시적 경관과 조화를 이루어 더욱 아름답고 운치 있다.

청초호를 떠나서 해안을 따라 난 7번 국도로 걷는다. 왼쪽으로는 건
물 사이사이로 청초호의 푸른 물이 아직도 언뜻언뜻 비친다. 그 길을
따라 속초 부두가 있는 금호동에 다다르자 상설 재래시장인 중앙시장
이 나타난다. 시장은 부두에 가깝다 보니 싱싱하고 다양한 해산물이
많다. 하지만 속초시에도 각종 대형 마트들이 들어서면서 이제 이 중앙

2006.02.07 13:09

°° 속초 중앙시장

시장도 경쟁력을 많이 잃었다고 한다. 시장 구석구석을 돌아보면 문을 닫아버린 상가들을 많이 볼 수 있다.

　시장을 나와 시청 앞을 지나자 도로변에 수복 기념탑이 보인다. 높게 솟은 탑 위로 피난을 가는 듯한 모자상이 북쪽을 향해 나아갈 듯 포즈를 취하고 있는데, 만약 휴전 당시 속초가 북측에 속했다면 저 동상은 아마 남쪽을 향해 손을 뻗고 있겠구나 생각하니 쓴웃음이 지어진다. 동상 뒤로 꽁꽁 얼어붙어버린 시린 은빛의 영랑호를 지나자 번화한 시가지가 사라지고 고성을 향한 한적한 도로가 주욱 이어진다.

2006.02.07 14:15

°° 속초의 푸른 겨울 바다

시가지를 벗어나 동쪽으로 이어진 건물이 사라지자 드디어 홀릴 듯이 푸르른 동해 바다가 펼쳐진다. 남해바다는 포근하고 아늑한 느낌이었는데 동해는 시퍼런 물빛부터 시작해 몰아치는 파도의 높은 파고까지 남해와 달리 힘과 웅장함이 느껴진다. 푸르른 동해바다를 바라보며 차가운 바다향기를 힘껏 마시니 가슴속까지 시원해지고 확 트이는 기분이다.

터지듯 부서지는 파도소리에 맞춰 발걸음을 옮기자 '금강산 가는 길목 고성군입니다'라는 표지와 함께 드디어 마지막 지역인 고성군으로 접어든다. 고성군은 아무래도 북과 접경하여 있다 보니 입구부터 분위기가 살벌하다. 입구에는 군 검문소가 있어서 다니는 차량들을 검문검색하고 있고, 도로변 철조망 뒤편 초소에는 경계를 서는 군인들이 칼같이 해변을 감시하고 있다. 이제 정말 군사분계선이 가까워 진 것이 실감 난다.

토성면 천진리에 다다르니 해변을 따라 줄줄이 민박집이 이어진다. 다들 경치 좋은 동해 바다를 향해 창을 드리우고 있어서 어느 곳에서 묵어가던지 아름다운 경관을 감상 할 수 있을 것 같다. 그러나 천진리를 지나 청간리로 들어서자 그 많던 민박집들이 사라져 버린다. 오늘은 청간리에서 묵어가려 했었는데, 잠자리 구하기가 어렵겠다.

고성 8경중에 제4경인 청간정을 지나자 다행히 언덕 위에 갓 지은 듯한 모텔이 나타난다. 비싸 보이지만 주변에는 묵어 갈만한 곳이 마땅히 없기 때문에 어쩔 수 없이 큰맘을 먹고서 들어간다. 숙박료는 2만 5천 원이다. 5천 원을 깎아 보려고 애를 써 봤지만 잘 안 되서 결국 이번 여행에서 가장 비싼 값을 치르고 자게 되었다.

계산을 하고 열쇠를 받아 돌아서는데 한 사람이 도로지도를 들고 배낭을 맨 채 들어온다. 폼이 딱 나처럼 국토종단하는 중인 것 같아 말을 붙여보니 웬걸, 오늘 통일전망대에서부터 내려오는 길이란다. 막바지에 오늘 국토종단을 시작하는 사람을 만나니 너무 반갑다. 내 방으로 초대해서 피자도 한판 시켜놓고 들뜬 마음으로 대화를 나눈다.

이 형은 예전에 다니던 대학과 과가 적성에 맞지 않아 올해 수능을 다시 보고 다른 학교에 합격하여 남은 시간에 이렇게 여행길에 올랐다고 한다. 형은 첫눈에 보기에도 날렵한 모습인데, 아니나 다를까, 태권도 강원도 대표선수였단다. 형은 나와는 많이 다른 삶을 살았는데 이 형이 살아온 이야기를 듣고는 난 내가 너무 틀에만 박혀 살았다고 느꼈다.

여행과 함께 복잡하던 생각도 많이 정리 되었다. 막 국토종단을 시작하는 형에게 상비약과 여행 중 꼭 필요할 것 같은 물품들을 나누어 주고는 각자의 방으로 헤어진다.

이렇게 여행의 막바지에 여행을 시작하는 사람을 만나 이야기를 나누니 내 여정의 첫 발을 내딛던 날의 설렘이 이제는 감동이 되어 다가온다.

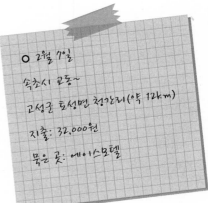

○ 2월 7일
속초시 교동~
고성군 토성면 청간리 (약 12km)
지출: 32,000원
묵은 곳: 에이스모텔

북한이 가까워짐을 실감하다

   오늘로서 이 여행도 45일째로 접어든다. 오늘로 이 여행을 마칠까 싶어서 아침부터 부지런히 길을 나선다. 이곳 청간리에서 마차진 민통선까지는 약 30km. 부지런히 가면 충분히 하루에 소화해낼 수 있는 거리이다.

   여행의 마지막 날, 하늘은 눈이 내릴 듯이 희끄무레 하다. 그리고 계속해서 내린 눈은 쌓여서 얼어버린 탓에, 길을 걷자니 미끄러워 속도도 제대로 나지 않는다. 바닷가를 따라 걷는데 칼날 같은 바닷바람이 몰아쳐 볼 살이 썰려 나갈 것만 같다. 스키마스크에 털모자를 쓰고 옷에 달린 후드까지 쓰고 보니 눈만 빠끔히 나왔다. 정말 남한의 최북단답게 굉장히 춥다. 아무래도 오늘 안으로 민통선까지 가자는 계획은 취소해야겠다.

   북한이 가깝다 보니 이 지역 7번 국도에는 군용차량이 일반 차량보다 더 많이 다닌다. 배식차량, 탄약운반차량, 수송차량 등 가지각색의 차량들이 지나다니는데, 군용차량이 지나다닐 때마다 눈만 빠끔 내놓은 내 행색이 괜한 오해를 살까봐 뜨끔뜨끔하다.

   칼같이 찬 바닷바람 때문에 바다가 가깝다는 것이 피부로 느껴지지만 정작 바다는 울창한 소나무 숲에 가려 잠깐씩 나무사이로 보일 뿐이다. 도로에는 터널같이 생긴 군용시설물이 일정 간격으로 나타나는 데, 터널 윗부분에 보이는 작은 구멍에 다이너마이트를 장착해 터트리면 전쟁 시 탱크가 진격해 오는 것을 저지할 수 있다고 한다. 그런데 어제 만났던 형이 '내가 걸어서 반나절도 안 걸려서 온 거리를 저 시설물로 얼마나 저지할 수 있겠느냐라고 한 말을 생각하니 그 말도 일리가 있어 보인다.

좋지 않은 날씨였지만 부지런히 걸어 드디어 간성읍에 도달했다. 고성군은 남고성군과 북고성군으로 나뉘어져 있는데 고성읍은 북한에 속해 있어서 이곳 간성읍이 남고성의 행정 중심이 되어있다.

간성읍 입구에 도착하니 속초에서 들었던 찜질방이 있다. 군(郡)단위 지역에 찜질방이 있는 경우는 드문데, 아마 이 지역이 군사 지역이라 장병들을 주요 고객으로 하고 있는 것 같다. 아무튼 덕분에 오늘은 싸게 묵을 수 있겠다.

이제 내일이면 이번 국토종단의 대장정도 마무리다. 말년 병장이 떨어지는 낙엽도 주의하듯이 마지막까지 무사히 여행을 마치도록 해야겠다.

여행의 마지막 밤은 찜질방에서 여독을 풀며 마무리하자.

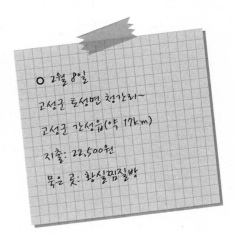

○ 2월 8일
고성군 토성면 청간리~
고성군 간성읍(약 17km)
지출: 22,500원
묵은 곳: 황실찜질방

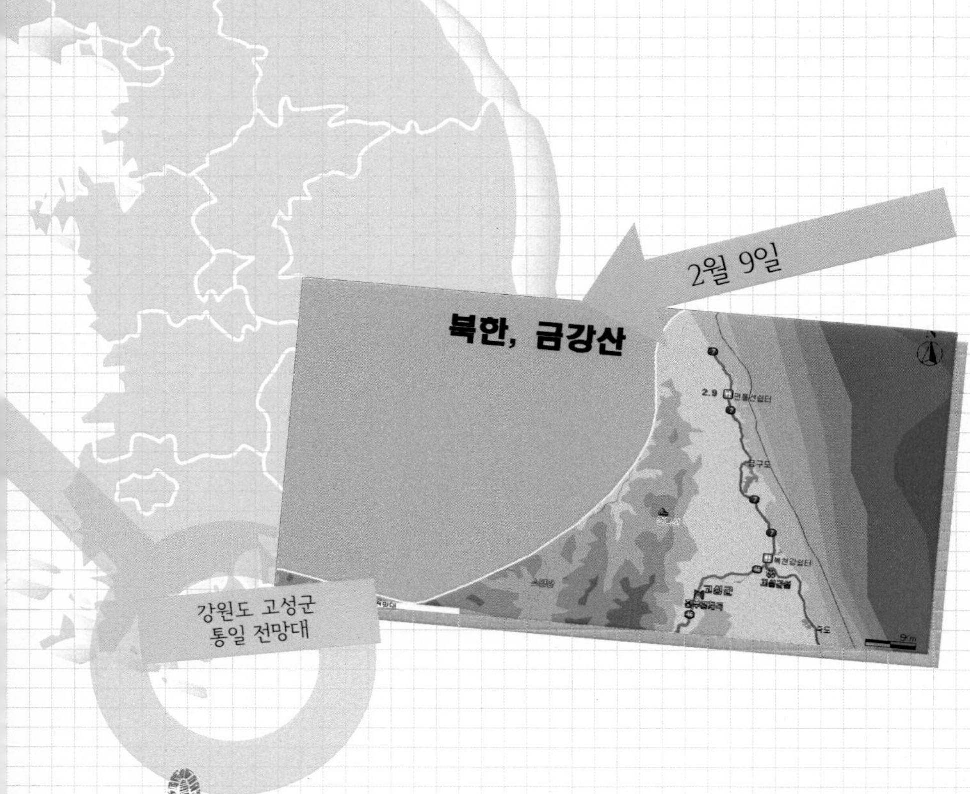

2월 9일

북한, 금강산

2.9 □ 구룡연셸터

구룡포

□ 배천강셸터

□ 고성군청 고성공원

강원도 고성군
통일 전망대

꿈같은 여행의 마지막 날

찜질방을 나서며 공기가 다른 날보다 상쾌하다 싶었는데 옅은 쪽빛 하늘이 구름 한 점 없이 맑다. 기온은 영하 17℃까지 떨어졌으나 바람이 불지 않아 어제보다 포근하다. 날씨까지도 나의 마지막 길을 도와주는구나 싶다.

간성 읍내를 벗어나자 북천교가 나타난다. 분단의 아픔과 통일의 염원을 가슴에 새기고자 거진읍과 간성읍 사이에 건설했다는 이 교량은,

남과 북이 합심하여 건설한 것이다.

북천교를 건너니 거진읍으로 들어선다. 소나무 숲 사이로 보이는 바다는 어제 해안을 삼킬 듯이 휘몰아치던 파도 대신 호수 같은 잔 물결만 찰랑대며 햇빛을 받아 반짝거린다. 앞으로 통일전망대까지는 25km, 걸어서 갈 수 있는 최북단 출입 신고소까지 14km 남았다는 이 정표를 보니 다시 다리에 힘이 실린다.

계속해서 7번 국도를 따라 군용차량들을 피해가며 조심조심 북쪽으로 발을 옮긴다. 도로 변에는 북과의 접경 지역답게 군 추모비와 충혼탑등이 많이 새워져 있다. 도로가 갓길이 거의 없고 사람의 통행이 적은 곳이다 보니 걷기가 조금 불편 하지만 얼마 남지 않은 최종 목적지를 생각하면 신이 난다.

화진포 호수를 왼쪽으로 끼고 돌아 계속해서 걷는다. 화진포 호수 주변에는 유명 인사들의 별장을 비롯해 각종 박물관과 전시관 등 다양한 볼거리와 즐길 거리가 가득하다.

호수 옆으로 난 자전거 도로를 따라 몇 분을 걸어가니 군부대의 높은 담벼락 옆으로 전시관이 나타난다. 전시관은 다름 아닌 '화진포의 성'이라 불리는 옛 김일성의 별장. 입장료를 내고 들어가게 되면 이기붕 별장, 역사안보전시관까지 한 번에 관람 할 수 있는데, 잰 걸음으로 둘러만 보고 나오는데도 30분가량이 소요될 정도로 규모가 크다.

그간 높은 철창으로 둘러싸여 제대로 보지 못하던 바다도 화진포해수욕장에 들어서자 철창이 사라지고 모래사장을 따라 바다를 걸을 수 있게 해두었다.

해수욕장에서 몇 개의 민박집들을 지나자 커다란 배 형상의 해양박

° ° 충혼비　　　　　° ° 화진포 해양박물관

물관이 나온다. 땅끝마을에서도 출발점에서 얼마 가지 않아 해양박물
관이 있었는데 이 여행의 최종 목적지인 통일안보관에서 이곳까지도
비슷한 거리이다. 이렇게 여행의 시작과 끝이 수미상관을 이루면서 여
행의 완결성이 더욱 높아진다.

　대진리 초도로 들어와서는 잠시 7번 국도를 벗어나 금강산 콘도까지
이어진 해안도로를 따라 걷는다. 이 추위에도 해변에는 갓난아이만 한
갈매기들이 때를 지어 해수욕을 즐기고 있었다.

　그 길을 따라 활어 판매장을 지나자 대진항 항구로 들어선다. 항구
한편으로 식어버린 연기가 피어나는 드럼통 난로만 사람의 흔적을 느
끼게 할 뿐, 아무도 보이지 않는 항구에는 갈매기들만 한가로이 끼룩끼
룩 울고 있다. 한적한 항구에 몸통을 묶고 나른하게 출렁이는 배들 사

2006 02 09 13 50

° ° 대진항

이로 물에 비친 햇빛이 반짝거린다. 저 멀리 정박한 배 위로 선체를 정비하고 있는 선주의 모습이 항구와 어우러지며 하나의 아름다운 그림이 된다. 수많은 파도와 바람을 이겨냈을 것이고, 바다에서 크고 작은 사투를 겪었을 텐데, 항구에 돌아와 조용히 정박해 있는 배들을 바라보니 괜히 마음이 숙연해지고 차분해진다.

대진항을 지나 초도 해안도로를 나서자 금강산 육로 관광을 위해 지어진 높고 웅장한 금강산콘도가 나타난다. 북한과 계속해서 좋은 관계만 유지 되는 것은 아니다 보니 225개나 되는 객실을 가진 저 콘도의 사업성에 대해서는 사실 잘 모르겠다. 하지만 이렇게 북한을 얼마 앞둔 곳에 통일의 상징과 통일을 위한 노력의 결실이 새워졌다는 것은 사업성을 떠나 상당한 의미를 가지며 가슴 뛰는 통일에의 염원을 품게 한다.

금강산 콘도를 지나고 얼마 걷지 않자 오늘의 목적지인 통일안보 교육관이 나타난다. 이곳은 큰 검문소라 할 수 있는데 여기서 출입신고를 해야지만 민통선을 통과해 통일전망대 까지 갈 수 있다. 여기서부터는 더 이상 민간인이 걸어서 북으로 갈 수 없으며 오직 신고된 차량을 타고서만 출입이 가능하다. 길은 계속해서 이어져 있으나 더 이상 내 발로 걸어 갈 수 없는 것이다. 이곳에서 여행이 끝나버려 아쉽고 분단의 현실이 실감나서 서글프다.

차량들은 K-2 소총을 맨 군인들에 의해 철저하게 검문을 받아야 통일전망대로 갈 수 있다. 나는 한 단란한 가족의 승용차를 얻어 타고서 남한의 최북단 통일전망대에 도착했다. 하늘도 내 여행에 마지막을 축복하는지 날씨도 너무 좋아 금강산의 구선봉과 아름다운 해금강의 경치도 너무나 깨끗하게 보인다.

전망대 주변으로는 성모마리아상과 부처님상, 예수그리스도상이 통일에의 염원을 품고 북을 향해 팔을 벌려 서 있다. 금강산 관광을 위해 건설된 동해선의 남북 연결도로와 새롭게 이어진 철로는 통일이 멀지 않았음을 실감나게 한다.

7번 국도는 전망대를 지나 계속해서 북으로 이어지고 있다. 언제쯤 이 도로를 아무 제약 없이 밟고 북으로 갈 날이 올까. 그날을 기약하며 내 남은 여정을 이곳에 놓아 둔 채 돌아선다.

이로써 46일간의 국토 대장정도 막을 내렸다. 통일안보관 기념품점에서 국토종단을 무사히 완수했다고 구슬에 새기고 나니 성취감과 아쉬움, 감동이 뒤섞이며 마음이 다시 벅차오른다.

°° 남한의 최북단 고성 통일전망대에서

o 2월 9일
고성군 간성읍~
고성 통일전망대(약 24km)
지출: 54,500원

속초로 돌아와 서울행 고속버스에 오르는데 내가 우리 국토를 가로
질러 800km나 걸었다는 사실이 실감이 나지 않는다.

'이제는 이른 아침 풀잎에 빛나던 이슬방울이나 쏟아질 듯이 밝게 빛
나던 밤하늘 별 빛, 부대끼며 정 들었던 모든 사람들 모두 한편의 아름
다운 꿈으로 내 안에 남겠지. 그래 수능을 마치고, 꿈을 따라 걸었던
나의 여행이여 이제 안녕.'